連合艦隊西進す４

地中海攻防

横山信義
Nobuyoshi Yokoyama

C★NOVELS

扉　画　佐藤道明
地図・図版　安達裕章
編集協力　らいとすたっふ

目次

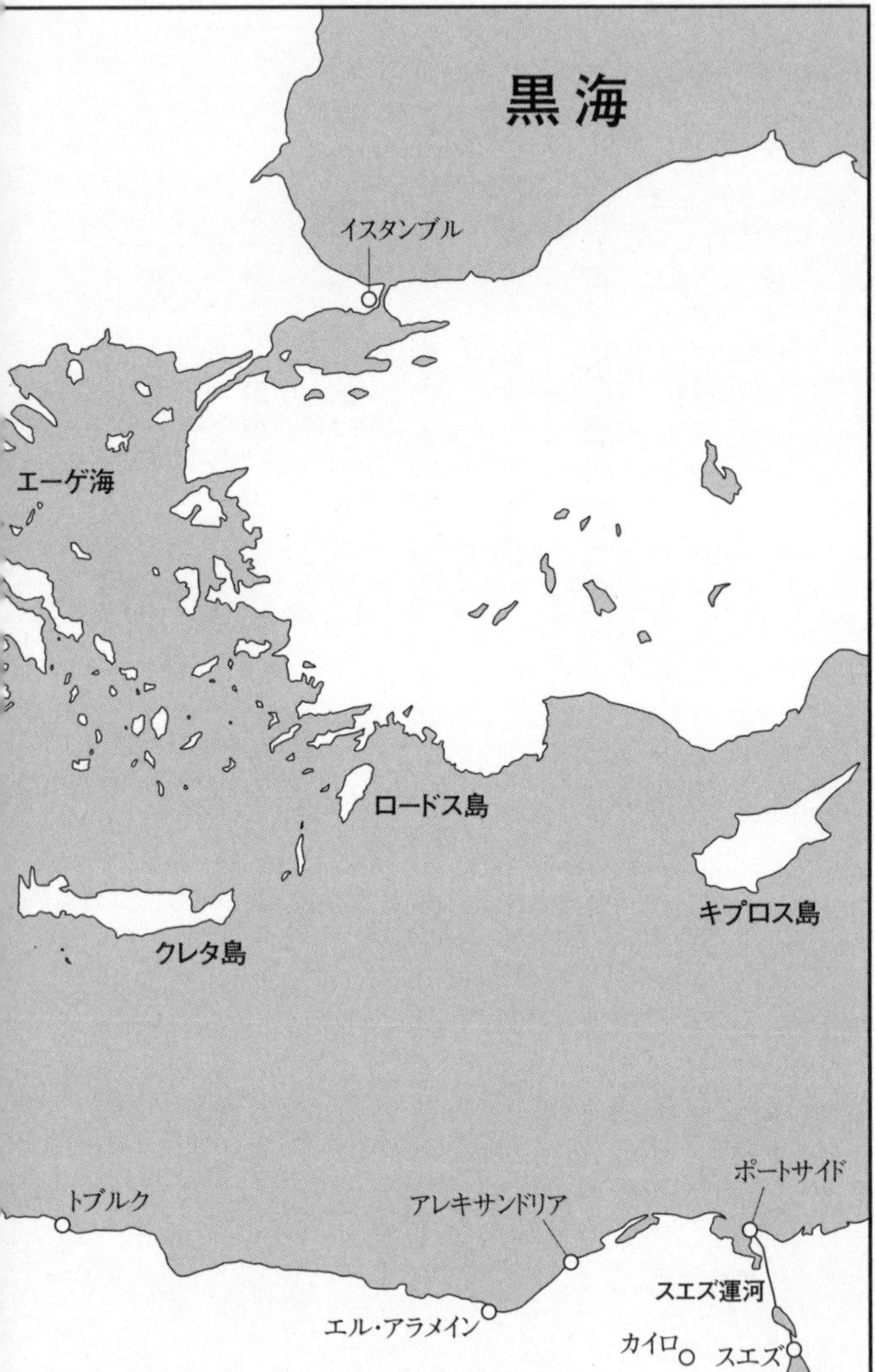

黒海
イスタンブル
エーゲ海
ロードス島
キプロス島
クレタ島
トブルク
アレキサンドリア
ポートサイド
スエズ運河
エル・アラメイン
カイロ
スエズ
エジプト

地中海東部拡大図

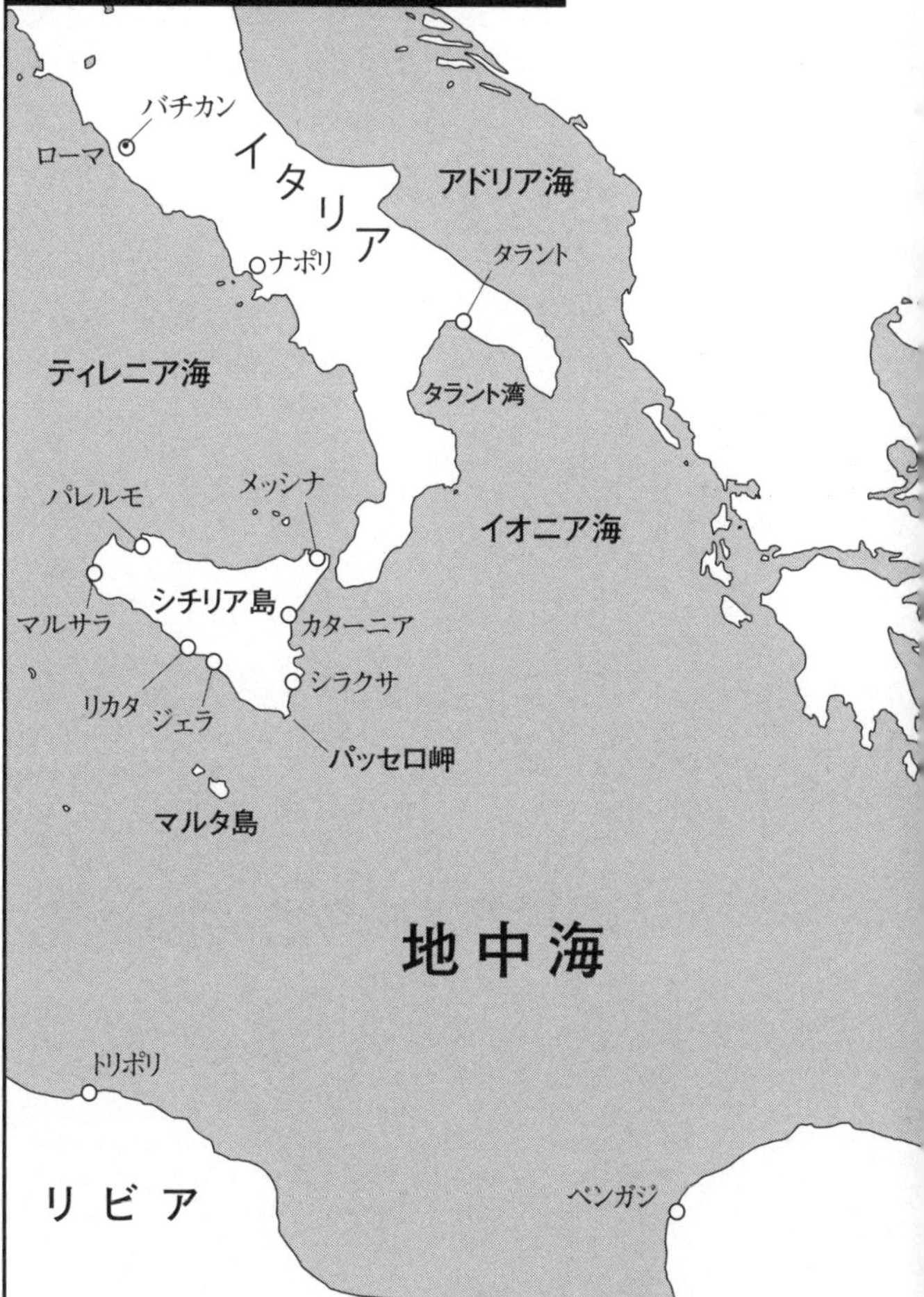
バチカン
ローマ
イタリア
アドリア海
ナポリ
タラント
ティレニア海
タラント湾
メッシナ
パレルモ
イオニア海
シチリア島
マルサラ
カターニア
シラクサ
リカタ
ジェラ
パッセロ岬
マルタ島
地中海
トリポリ
リビア
ベンガジ

連合艦隊西進す 4

地中海攻防

第一章　北アフリカの「飛び石」

1

スエズ運河の周辺は、朝からものものしい雰囲気《ふんいき》に包まれていた。

両岸にはイギリス軍と日本軍の兵士が立ち並び、市民の接近を許さない。

ポートサイドの港湾施設も同様だ。

港外にも、多数の掃海艇《そうかいてい》、駆潜艇《くせんてい》が展開している。海面付近の低空では、水上機が飛び回り、海中から接近を図《はか》る敵に目を光らせていた。

「あんなことをすれば、重要な艦が入港することを内外に宣伝するようなものだ」

イタリア海軍少佐ニコロ・キーオは、運河に双眼鏡《そうがんきょう》を向けながらほくそ笑《え》んだ。

キーオは、ポートサイドの枢軸軍《すうじくぐん》が連合軍に降伏した後、市内に潜《ひそ》んだ残置《ざんち》諜者《ちょうじゃ》の一人だ。

イギリスの貿易商の身分を偽《いつわ》り、連合軍の情報収集に当たっている。

現在、身を潜めているのは、運河の真西にある集合住宅の四階だ。窓からは、運河を南北に見渡せる。

市街戦による損傷が大きく、人が住める状態ではないが、取り壊しは始まっていない。

キーオは、この日早朝から始まった連合軍の動きを見て、「重要な艦がポートサイドに入港しようとしている」と直感し、割れたまま修理もされていない窓から運河を見張っていたのだ。

「あれか!」

現地時間の一〇時二〇分、キーオは思わず口笛を吹き鳴らした。

一際《ひときわ》目立つ艦が二隻、運河を北上している。

上部構造物、特に艦橋《かんきょう》は、運河の周辺に立ち並ぶビルやモスクよりも高い。

「リットリオ級よりもでかそうだな」

二ヶ月前のアブキール湾海戦（アレキサンドリア沖海戦のイタリア側公称）で沈んだ最新鋭戦艦のクラ

ス名を、キーオは口にした。

　リットリオ級戦艦は、全長二二四・五メートル、全幅三二・九メートル、基準排水量四万一一六七トン。それまでの主力だったアンドレア・ドリア級、コンテ・ディ・カブール級よりも一回り大きく、盟《めい》邦《ほう》ドイツのビスマルク級と比較しても遜色《そんしょく》ない。

　出現した二隻は、そのリットリオ級を凌《しの》ぐ巨体を持つ。

　火力、防御力も、リットリオ級を上回ると見なければならない。

「長門《ナガト》」「陸奥《ムツ》」の四〇センチ主砲を上回る砲か。

あるいは、四〇センチ砲を「ナガト」「ムツ」よりも多数装備しているのか。

　キーオは、スエズ運河を望む窓から離れた。

　地中海に出現した強力な戦艦の情報を、本国の総司令部に伝えねばならない。


「連合艦隊《GF》長官が、御自ら『大和《やまと》』『武蔵《むさし》』を回航《かいこう》されるとは驚きましたな」

　遣欧艦隊司令長官小林宗之助《こばやしそうのすけ》中将は、内地からポートサイドまで足を運んだ連合艦隊司令長官山本《やまもと》五十六《いそろく》大将に言った。

　一九四三年七月一四日。

　連合艦隊旗艦《きかん》「武蔵」の長官公室だ。

　山本と首席参謀黒島亀人《くろしまかめと》大佐ら幕僚《ばくりょう》数名が顔を揃《そろ》えている。参謀長の宇垣纏《うがきまとめ》中将は、長官の代行を務めるため、内地に残留している。

「武蔵」には小林の他、参謀長白石万隆《しらいしかずたか》少将、作戦参謀芦田優《あしだまさる》中佐、航空参謀天谷孝久《あまやたかひさ》中佐らの司令部幕僚と、英国本国艦隊司令長官のジェームズ・ソマーヴィル大将、参謀長フレデリック・サリンジャー少将らが参集していた。

「目的は、前線視察と打ち合わせだ。『大和』と『武蔵』は、そのついでに運んで来ただけだ」

　山本は、ニヤリと笑って見せた。

遺欧艦隊の幕僚たちは、驚きと賛嘆《さんたん》の入り交じった表情を浮かべた。

「大和」「武蔵」は、軍縮条約明け後に帝国海軍が満《まん》を持《じ》して送り出した、世界最大最強の戦艦だ。今後のドイツ、イタリアとの戦いでは、切り札となる艦なのだ。

その艦の回航を、山本は「ついでのこと」と言ってのけたのだ。

「内地から既に情報が届いていると思うが、東京で連合軍総司令部が設立された。我が国の大本営《だいほんえい》と大英帝国正統政府隷下《れいか》の最高幕僚会議を統合《とうごう》した戦争指導機関だ。今後は連合軍総司令部が戦略を定め、遺欧艦隊も、英本国艦隊も、それに従って動いて貰《もら》うことになる」

山本は、話を切り出した。

「総司令部は協議の結果、戦争が新たな段階に入ったと判断している。旧大本営が定めた、第二段作戦が終了したものと認め、第三段作戦を開始すべきときが来た、と」

山本が「第三段作戦」の一言《ひとこと》を口にしたとき、長官公室の空気が張り詰めたように感じられた。

旧大本営が定めた第二段作戦の目標は、紅海《こうかい》の制圧とエジプトの奪回。

第三段作戦の目標は、地中海の制圧と枢軸国の一員であるイタリアの打倒だ。

これまでは、敵の本国から遠く離れたインド洋や紅海、北アフリカが戦場になっていたが、今度は敵の本国を直接叩くことになる。

「エジプトは連合軍が完全に制圧しており、枢軸軍が再侵攻して来る可能性もない。よって、戦争は次の段階に移行する、ということですな?」

「その通りだ」

確認を求めた小林に、山本は頷《うなず》いて見せた。

五月七日にポートサイドが陥落《かんらく》した後、枢軸軍はエジプト最大の要港アレキサンドリアに兵力を集結させ、同地を死守する構えを取った。

アレキサンドリアはエジプトの枢軸軍にとり、本国からの補給を受けるための唯一《ゆいいつ》の窓口だ。

この地を陥《お》とせば、枢軸軍はイタリア領リビアに撤退《てったい》するしかなくなる。

枢軸軍もまた、イタリア本国のタラント軍港からアレキサンドリアに向け、増援部隊と補給物資を送り出した。

輸送船団を巡って、四回に亘《わた》る海戦が生起《せいき》し、連合軍は軽巡二隻、駆逐艦一一隻を失ったが、船団の阻止《そし》には成功した。

水上砲戦で撃ち漏《も》らした輸送船は、アレキサンドリア沖に潜む伊号潜水艦の雷撃や、基地航空隊の雷爆撃によって撃沈し、入港を許さなかった。

同時に、英国陸軍の第八軍が東方からアレキサンドリアを攻撃し、枢軸軍を圧迫した。

増援も補給も届かない状況下、アレキサンドリアの枢軸軍は消耗《しょうもう》する一方であり、六月一九日、同地を放棄して、イタリア領リビアに撤退していった。

ほぼ同時期、エジプトの首都カイロに立てこもっていた枢軸軍も、白旗《しろはた》を掲《かか》げた。

カイロを守っていたイタリア軍は、アレキサンドリアを通じて本国からの増援と補給を受けている。そのアレキサンドリアが陥落した以上、抵抗は不可能と判断したのだ。

カイロの枢軸軍が降伏した時点で、北アフリカの地上戦闘を担当する陸軍北阿弗利加《アフリカ》方面軍と大英帝国中東方面軍は、エジプトの完全制圧を宣言した。

第二段作戦の目標は、ここに達成された。

連合軍は、新たな、そしてより困難な目標に向けて前進するのだ。

「地図を見れば一目瞭然《いちもくりょうぜん》だが、イタリアは地中海を東西に二分《にぶん》する位置にある」

山本は、机上《きじょう》に広げられた地中海要域図を指示棒で指した。地図上では、連合軍と枢軸軍の勢力範囲が色分けされている。

「イタリアを降伏か中立化に追い込まねば、地中海の西側には進めぬ。その先にある英本土にも手は届かぬ。イタリアの打倒は、英本土の奪回に不可欠《ふかけつ》なのだ」

「作戦は、次のような手順で進めていただきます」

黒島亀人連合艦隊首席参謀が起立し、地中海要域図に指示棒を伸ばした。

エジプトとリビアの国境線に近いトブルクを指し、陸伝《りくづた》いに西へとなぞった。

リビアの西端に近いトリポリで一旦《いったん》止め、一足飛《いっそくと》びにシチリアへと飛ばした。

「第三段作戦は、リビア、シチリアの順で攻略します。シチリア占領《せんりょう》後に基地航空隊を進出させれば、イタリア本土のほぼ全域が、我が方の攻撃圏内に入ります」

黒島は、シチリア島北西部のパレルモを中心に、半径五〇〇浬《カイリ》の円を描いた。

イタリア全土のみならず、スイス領の一部までが含まれる。

「イタリア本土を直接叩くのですか？」

「その御質問には、私がお答えします」

小林の問いに、ソマーヴィルが返答した。

「イタリアに対しては、大英帝国正統政府が水面下での接触を図り、ドイツとの離間《りかん》工作を仕掛《しか》けています。連合軍がシチリアを占領し、イタリア本土のどこでも叩ける態勢を作れば、同国は降伏乃至《ないし》中立化の道を選ぶ可能性が高い、と我が国政府は睨《にら》んでおります」

「イタリア本土に進攻するとなれば、我が方も相当な犠牲《ぎせい》を覚悟《かくご》しなければならない。軍だけではなく、イタリアの民間人にも多数の死傷者が生じる可能性が高い」

山本が、ソマーヴィルの後を受けて言った。

「それだけではない。同国には、貴重な文化遺産《いさん》が多い。古代ローマ帝国の時代から連綿《れんめん》と受け継がれて来た史跡や、ルネサンス時代の建築、美術品を破壊するようなことがあれば、我が国も、英国も、文化遺産の破壊者として歴史に悪名《あくみょう》を残す。できるだけ、イタリア本土を戦場にすることなく、同国を切り崩したいのだ」

山本は一旦言葉を切り、あらたまった口調で言った。

「陛下《へいか》も、イタリアの民間人や文化遺産に戦火が及ぶことを憂慮《ゆうりょ》されている。私はエジプトに来る前、宮中《きゅうちゅう》に参内《さんだい》したが、『イタリアの民間人や文化遺産に被害が生じぬよう、極力配慮して欲しい』とのお言葉を賜《たまわ》った。臣《しん》として、陛下の御意志は尊重しなければならぬ」

「陛下」の一言を山本が口にしたとき、英国海軍の幕僚を除く全員が姿勢を正した。

「ソマーヴィル提督《ていとく》が言われたように、外交交渉によってイタリアを屈服《くっぷく》させることができれば、陛下の大御心《おおみこころ》にもかなう、ということですな？」

「その通りだ」

小林の問いに、山本は頷いた。

「戦争にせよ、外交交渉にせよ、相手があることです。こちらの目論見通《もくろみ》りに運ぶでしょうか？」

「その点につきましては、イタリアの国内事情について、お話しする必要があるでしょう」

白石参謀長の懸念《けねん》に、英本国艦隊のサリンジャー参謀長が応《こた》えた。

「イタリアが今回の戦争に参戦した動機は、ドイツの勝利に便乗《びんじょう》しての領土拡大、特にエジプトの併《へい》呑《どん》と地中海全域の内海化《ないかい》だと考えられて来ました。それは間違いではありませんが、戦争事由《じゆう》の一つでしかありません。実際には、独裁者《どくさいしゃ》ベニト・ムッソリーニの、ヒトラーに対する見栄《みえ》と意地が、より大きな動機です」

「そんな個人的な動機で、一国家が戦争という重大事に踏《ふ》み切るものでしょうか？」

「ドイツやイタリアのような独裁国家では、国家指導者個人の意志が国家の意志となります。元々《もともと》ムッソリーニには、国家社会主義《ファシズム》の思想面においては、自分の方がヒトラーよりも先輩《せんぱい》だ、という意識がありました。実際問題として、国家ファシスト党が政権を握り、ムッソリーニが統領の地位に就《つ》いたのは、ドイツで国家社会主義《ナチス》ドイツ労働者党が政権を握るよりも早かったのですから。ですが政治家としての実績では、ムッソリーニはヒトラーの後塵《こうじん》を拝《はい》しました。ドイツがオーストリア、チェコスロバキアの併合《へいごう》、ポーランドへの侵攻、西ヨーロッパ諸国への電撃戦で、瞬《また》く間に領土を拡張していったのに対し、イタリアはアフリカで若干《じゃっかん》の領土拡張を行っただけです。ムッソリーニとしては、当然面白《おもしろ》くない。自分も国家の指導者として、決してヒトラーに劣《おと》るものではないはずだ。そのような意識から、この戦争に参戦し、エジプトやバルカン諸国への侵攻に踏み切ったのではないか、と我が国政府は見ております」

「何だか、友だちと張り合おうとしている子供のようですな」

「左様《さよう》。ムッソリーニという人物は、わがままな子供に類似《るいじ》した性格の持ち主です。そのような人物の意志が、国家の政策に反映されてしまうところに、独裁国家の怖さがあります」

「イタリア国民は、わがまま坊《ぼう》やの見栄と意地で戦争に駆り出されたわけですか」

小林が、呆《あき》れたようにかぶりを振った。

イタリア国民にとっては迷惑極《きわ》まりない話だ、と言いたげだった。

ソマーヴィルが、小林の言葉に応えた。

「イタリア人、特に政府や軍の要人の中には、そのことを理解している人々もいます。イタリアの戦争は、ムッソリーニの個人的な感情によって引き起こされたものだ、と。北アフリカで戦ったイタリア軍の戦意が全般的に低かったのも、彼らが戦争事由を理解していたためではないか、と我々は考えております」

白石が新たな疑問を提起した。

「遣欧艦隊が戦ったイタリアの海軍部隊は、戦意が低いようには見えませんでしたが？」

「彼らはムッソリーニのためではなく、北アフリカで頑張っている友軍のことを第一に考えて、戦ったのではないでしょうか？　海軍と陸軍の垣根《かきね》はあれど、エジプトのイタリア軍部隊は、イタリア海軍の将兵にとり、戦友であると同時に同胞《どうほう》でもあるのですから」

　サリンジャーが答え、少し考えてから付け加えた。

「イタリア人の名誉《めいよ》のために申し上げておけば、彼らも祖国の自由や独立が犯《おか》されるとなれば、死《し》に物《もの》狂《ぐる》いで戦うでしょう。この戦争はムッソリーニ個人のための戦争であり、祖国の自由や独立を守る戦争とは縁遠《えんどお》いものだった、ということです」

「貴国政府が水面下で交渉している相手は、イタリア国内の反体制派ということですね？　ムッソリーニに繋《つな》がる人物ではなく」

　白石の問いに、サリンジャーが頷いた。

「おっしゃる通りです」

「貴国は、イタリア国内での反乱を使嗾《しそう》しておられるのですか？」

「ムッソリーニが交渉相手にならないのであれば、排除する以外にありません」

「そのためにも、リビア、シチリアの占領が必要なのだ。イタリアに、圧力をかけるためにな」

　重々《おもおも》しい声で言った山本に、小林が確認を求めた。

「イタリアは、極力《きょくりょく》外交交渉で枢軸国から脱落させる、ということですな？　我が軍は、その条件を整えるため、リビア、シチリアに進攻するのだ、と」

「その通りだ。GFとしては、後方から口を出すような真似《まね》はせぬ。遣欧艦隊が最善と考える方法で、進めて貰いたい」

　小林は、晴れ晴れとした表情になった。

「作戦目的が明確になった以上、迷いはありません。陛下の大御心にもかなうのであれば、我が遣欧艦隊は、全力を尽くすのみです」

2

「正面上方、敵機！」

無線電話機のレシーバーに、指揮官の声が入った。第三段作戦の開始に先立ち、航空母艦「大龍《だいりゅう》」の艦戦隊隊長に任じられた熊野澄夫《ゆうのすみお》少佐の声だ。

「大龍」艦戦隊の第二小隊長桑原寿《くわばらひさし》中尉は、前上方を見た。

羽虫《はむし》の群れを思わせる、黒い小さな影が多数、押し被《かぶ》さるように接近して来る。

「おいでなすったか」

桑原は、唇《くちびる》の端《はし》を僅《わず》かに吊《つ》り上げた。

昭和一八年八月一日。

イタリア領リビアの東部に位置する要港トブルクの沖だ。迎撃機の出現は想定している。

「全機、続け！」

熊野が叩き付けるように命じ、先頭に立って上昇を開始した。

熊野が直率《じきそつ》する第一小隊が上昇に転じ、桑原も操《そう》縦桿《じゅうかん》を手前に引くと同時に、エンジン・スロットルを開いた。

エンジンが咆哮《ほうこう》し、機体が上昇を開始する。

開戦時に搭乗していた零式艦上戦闘機の倍以上の重量を持つ機体だが、鈍重《どんじゅう》さは全くない。二〇〇〇馬力の離昇出力を持つ米国製エンジンと大直径のプロペラが、太く逞《たくま》しい機体を、ぐいぐいと高みに引っ張り上げる。

敵編隊も、高度を下げつつ距離を詰めて来る。

全体にほっそりしており、液冷エンジン機に特有の、尖《とが》り帽子《ぼうし》のような機首を持つ。

全体が黄土色《おうどいろ》に塗装され薄墨色《うすずみいろ》で紋様《もんよう》が描かれている。北アフリカの砂漠《さばく》地帯に合わせた、迷彩塗装のようだ。

対独開戦以来、何度となく手合《てあ》わせしたドイツ空軍の主力戦闘機メッサーシュミットＢｆ１０９であろう。

ざっと見たところ、敵の機数は七、八〇機。

日本側は、第四航空戦隊の「大龍」「神龍《じんりゅう》」から三六機ずつ、合計七二機が出撃している。

数の上では、ほぼ互角《ごかく》だが——。

(どこまで通じるか)

乗機の動きに身を委《ゆだ》ねながら、桑原は呟《つぶや》いた。

「大龍」「神龍」の艦戦隊が装備するのは、米国より導入した新型艦上戦闘機「炎風《えんぷう》」だ。

米国海軍では、グラマンF6F〝ヘルキャット〟の名で制式採用され、母艦戦闘機隊への配備が進んでいる。

ただし、米国は中立政策を採《と》っているため、開発国ではまだ実戦経験がない。

トブルクへの第一次攻撃は、炎風の実戦テストを兼《か》ね、戦闘機のみの出撃となっていた。

桑原は、計器盤と正面を交互に見た。

高度計の針が右に回り、Bf109との距離が詰まる。下方から見上げる敵機は、鏃《やじり》のようだ。

桑原の第二小隊に、Bf109が向かって来た。

機数は四機。二小隊と同数だ。海軍戦闘機隊は、開戦当時は一小隊三機の編成だったが、ドイツ空軍への対抗上、四機編成に改めている。

敵一番機の機首に発射炎が閃《ひらめ》いた。ほとんど同時に、桑原も発射ボタンを押した。炎風の主翼前縁《ぜんえん》から、六条の火箭《かせん》が放たれた。

炎風の兵装はブローニング一二・七ミリ機銃六丁。多数の機銃から、目標に網《あみ》を投げるように発射する。

両翼二丁の二〇ミリ機銃から、破壊力の大きな銃弾を発射する零戦とは対照的だ。英国のスーパーマリン・スピットファイアが採用していた、小口径多銃方式と共通するように感じられる。

彼我《ひが》の火箭が、斬り結ぶように交錯《こうさく》するが、互いに命中はない。

Bf109も、炎風も、射弾をばら撒《ま》いただけに終わる。

二機目と銃火を交わすが、結果は同じだ。彼我共に命中弾を得られないまま、猛速ですれ違う。

小隊同士の交戦は、互いに戦果なしに終わる。

息つく間もなく、新たなＢｆ１０９が右前上方から襲って来る。

今度は、急降下攻撃だ。同じドイツのユンカースＪu87のように、逆落《さかお》としに突っ込んで来る。

桑原は咄嗟《とっさ》に左旋回をかけ、前沢稔《まえさわみのる》上等飛行兵曹が操《あやつ》る二番機もそれに続いた。エジプトを巡る戦いが始まったときは一等飛行兵曹だったが、現在は上等飛行兵曹に昇進している。

炎風は、零戦よりも太く、鈍重そうに見えるが、動作は機敏《きびん》だ。機体が大きく傾き、ぎりぎりのところで敵弾をかわす。

猛速で突っ込んで来たＢｆ１０９が、急降下によって離脱したときには、第二小隊は二機だけになっている。

後続機は、小隊長機とは逆に右旋回をかけたため、はぐれたのだ。

「小隊長、後ろ上方！」

レシーバーに、前沢の声が響《ひび》いた。

「宙返りだ。続け！」

桑原は一声叫《さけ》ぶや、操縦桿を手前に引いた。

炎風が機首を上向け、急角度で上昇に入った。

Ｂｆ１０９も桑原機を追って、宙返りに入る。

桑原機が背面状態になり、次いで急坂を滑り降りるように水平に戻る。

前上方に、二機の敵機が見える、手前の機体は、二番機のようだ。

桑原は、二度目の宙返りに入る。

Ｂｆ１０９の二番機を追う形で、機体が大きな円《えん》弧《こ》を描く。

敵機が宙返りの頂点に達したところで、桑原は発射ボタンを押した。

両翼の前縁《ぜんえん》が真っ赤に染《そ》まり、無数の青白い曳痕《えいこん》が、上に向かってほとばしる。

日本海軍 三式艦上戦闘機「炎風」

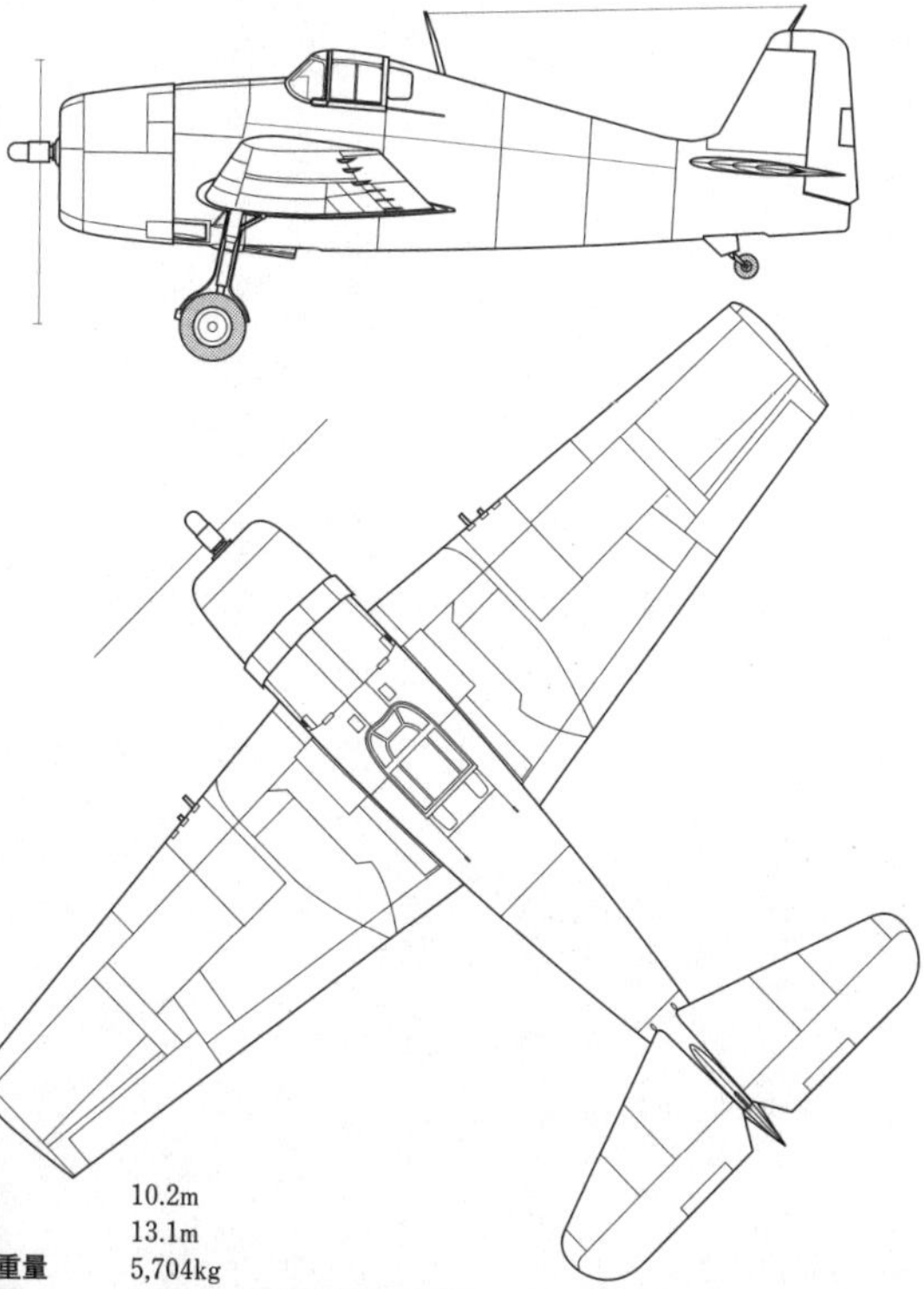

全長	10.2m
翼幅	13.1m
全備重量	5,704kg
発動機	P&W R-2800-10W 2,000馬力
最大速度	605km/時
兵装	12.7mm機銃×6丁(翼内) 爆弾／1,814kg(最大)
乗員数	1名

米国・グラマン社が開発したF6Fヘルキャットの日本海軍仕様。ドイツ軍戦闘機の高性能化が著しく、主力艦戦である零戦では対抗できないうえ、後継機の開発も難航していることから、米国からの導入を決めたものである。頑丈な機体構造で知られる本機の導入は、防御力に乏しい零戦では、近い将来、搭乗員の損耗が大きな問題になると危惧していた前線の将兵からも歓迎されている。

上方に向けての発射は、重力によって弾の速度が減殺《げんさい》される。大丈夫だろうか——と危惧《きぐ》したときには、一二・七ミリ弾がBf109を押し包んでいる。

射弾がエンジンに命中したのか、Bf109が火を噴いた。

炎と黒煙を噴出しながら、大きく姿勢を崩し、真っ逆さまになって墜落し始めた。

このときには、二番機の前沢も、敵の一番機を墜《お》としている。

桑原と前沢は、炎風が得意とする垂直面での旋回格闘戦に敵を引き込み、二機を葬《ほうむ》り去ったのだ。

「前沢、左だ！」

桑原は部下に指示を送ると同時に、操縦桿を左に倒した。

左下方で、二機のBf109が炎風一機の後方に食らいついている。

炎風は左右に旋回を繰り返すが、Bf109を振り切れないようだ。敵機との距離は急速に詰まっている。

「今行くぞ！」

味方機に呼びかけながら、桑原はエンジン・スロットルを開いた。

P&W《プラット・アンド・ホイットニー》の空冷複列星型一八気筒エンジンが高らかに咆哮し、機体が一気に加速された。頭を後ろに持って行かれそうなほどの急加速だ。

Bf109との距離が縮まり、照準器《しょうじゅんき》の白い環《わ》が敵機の姿を捉《とら》える。環の中の機影が、みるみる拡大する。

桑原が発射ボタンを押す寸前、二機のBf109は機体を左に横転させ、垂直降下に移った。背後から迫る危険な敵に気づいたのだ。

桑原も機体を横転させ、Bf109の後を追う。

機種転換前に乗っていた零戦は機体の強度が弱く、急降下を苦手としていたが、炎風は頑丈《がんじょう》に造られており、急降下性能も高い。

内地で行われた炎風と零戦との模擬《もぎ》空戦では、「水平面での格闘戦を除き、全ての面で炎風が優《まさ》る」との結果が出されたが、特に優っているのが急降下性能だ。

炎風であれば、Ｂｆ１０９を追い切れるはずだ。

戦闘は、いつの間にか陸地の上空に移っている。

Ｂｆ１０９は、地上に向けて降下している。桑原機は後方に前沢機を従え、Ｂｆ１０９を追う。

距離は思うように縮まらない。照準器の白い環が捉えた機影は、なかなか拡大しない。

急降下速度は同等か、Ｂｆ１０９が上回るようだ。

高度が下がるにつれ、Ｂｆ１０９の視認が困難になる。迷彩塗装を施された機体が、地上に溶け込んでゆく。

「前沢、引き起こせ。追跡を断念する！」

桑原は危険を悟《さと》り、部下に命じた。

エンジン・スロットルを絞り、操縦桿を手前に引きつける。

猛速で急降下をかけていた炎風が機首を引き起こし、下向きの遠心力が見えない万力《まんりき》と化して、桑原の肉体を締め上げる。

しばし目の前が暗くなり、意識が飛びそうになるが、機首が上向くにつれて身体が軽くなり、意識が元に戻って来る。

炎風が上昇に転じた直後、

「小隊長、後ろです！」

前沢が叫んだ。

桑原は、咄嗟に操縦桿を右に倒した。炎風が傾き、右に旋回した。太く赤い火箭が、左の翼端をかすめ、下方へと消えた。

桑原は、右旋回を続ける。食い下がって来る敵機の姿が、バックミラーに映っている。

桑原は、操縦桿を更に倒す。機体の傾斜角が深まり、ほとんど垂直に近くなる。

旋回性能は零戦に及ばないものの、Ｂｆ１０９よりは優るはずだ。振り切って背後に回ることは不可能ではない。

だが――。

「振り切れない⁉」

桑原は、愕然《がくぜん》とした。

極力小さな旋回半径を描いているつもりだが、Ｂｆ１０９を引き離すことはできない。逆に、じりじりと距離を縮められている。

（ならば！）

桑原は、左旋回に切り替えた。

機体が左に大きく傾き、この直前まで左向きにかかっていた遠心力が、今度は右向きにかかった。

Ｂｆ１０９との距離は、一時的に開いたが、再びじりじりと接近する。

バックミラーに映る機影が拡大し、搭乗員の顔までが見えている。

もう、距離はほとんどない。機首の機銃は、今にも火を噴きそうだ。

（もう一度！）

桑原が再び右に操縦桿を倒した直後、Ｂｆ１０９の機首に発射炎が閃いた。

背中を力任せに蹴飛《けと》ばされるような衝撃が続けざまに襲い、機体は激しく振動した。

高度がみるみる落ち始め、地上がせり上がる。トブルクの周囲に広がる砂漠が、目の前に広がる。

（南無三《なむさん》！）

桑原は、操縦桿を手前に引いた。

高度はなおも下がり、砂漠が目の前に迫る。砂丘の起伏や舞い散る砂埃《すなぼこり》までが、視界に入って来る。

（駄目《だめ》だ！）

そう思ったとき、炎風の機体が上向いた。

目の前に、砂塵が舞い上がったように見えたが、機体はじりじりと上昇を開始した。

桑原機は地上に激突する寸前に体勢を立て直し、上昇に転じたのだ。

先のＢｆ１０９は、どこにも見えない。

被弾した桑原機が高度を落とすのを見て、撃墜と判断したのかもしれない。

敵が止《とど》めを刺しに来たら、桑原は間違いなく墜とされていたであろう。

「小隊長、御無事ですか？」

前沢の声が、レシーバーに入って来た。

「後ろに喰《く》らった。そちらから見えるか？」

「胴体後部に破孔が見えます。コクピットの後ろにも喰らっています」

前沢の報告を受け、桑原は背筋《せすじ》に冷たいものを感じた。

撃墜されても、不思議《ふしぎ》ではないほどの損傷だ。特にコクピットの後ろへの一撃は、頭を吹き飛ばされてもおかしくなかった。

「戦闘はどうなっている？」

桑原は肝心《かんじん》なことを思い出し、上空を見上げた。

トブルクの上空から沖合にかけて、絡《から》み合った飛行機雲が見えるが、飛び交う機体の姿はない。

桑原が、低空でＢｆ１０９に追い回されている間に、戦闘は終息したようだ。

（俺としたことが）

桑原は舌打ちした。

「特定の一機にこだわるな。深追いするより、新たな目標を探せ」

とは、対独戦が始まって以来、上官から繰り返し言われたことだ。桑原も、小隊の部下にその旨《むね》を言い聞かせてきた。

にも関わらず、桑原は深追いした挙《あ》げ句《く》、敵機の執拗《しつよう》な攻撃を受け、友軍機とはぐれてしまったのだ。

小隊長にあるまじき失態《しったい》だった。

「母艦に戻りましょう。その損傷では、戦闘の続行は無理です」

「……分かった」

前沢の具申《ぐしん》に、桑原は返答した。

胴体後部は大きく損傷しているが、エンジンに異常はない。燃料も、半分以上残っている。

敵機の追撃がなければ、帰還は可能だ。

（あのメッサーは……）

機首を、母艦の「大龍」がいる北東に向けながら、桑原はたった今渡り合った敵機のことを思い出している。

炎風の最大時速は六〇五キロ。機種転換前に乗っていた零戦三二型より、六〇キロほど優速だ。

その炎風に、Ｂｆ１０９は遅れることなく追随《ついずい》し、食い下がって来た。

速度性能は、明らかに炎風より上だ。

出撃前、「大龍」飛行長の増田正吾《ますだしょうご》中佐は、

「Ｂｆ１０９はエンジンの換装によって、性能を向上させているとの情報がある。最新鋭の機体は、最大時速が六二〇キロに達するそうだ。外見が今までのＢｆ１０９と同じだからといって、性能が同じとは限らない。空戦に際しては、特に注意せよ」

と、搭乗員たちに命じていた。

トブルクを守っていたＢｆ１０９は、飛行長が言っていた最新型だったのかもしれない。

「米国製の戦闘機は頑丈ですね。機種転換訓練のときにも感じたことでしたが」

「全くだ」

零戦なら、間違いなく死んでいた――そう思いつつ、桑原は応えた。

機種転換前に乗っていた零戦は、運動性能が高い代わりに防御力は皆無《かいむ》に等しく、一連射を浴びただけですぐに火を噴く機体だった。

たった今と同様の敵弾を撃ち込まれていたら、機体はばらばらになっていたに違いない。

米国でも、グラマン社の機体は頑丈なことで定評があり、「グラマン鉄工所」と呼ばれているという。

その頑丈な機体が、桑原の命を守ったのだ。

「前上方に編隊！」

前沢の緊張した声が、レシーバーに響いた。

桑原は一瞬身体をこわばらせたが、敵機ではないことはすぐに分かった。

炎風と零戦、及び炎風と共に制式採用された三式艦上爆撃機――米国名称ダグラスＳＢＤ〝ドーント

レス〟から成る戦爆連合が整然たる編隊を組み、南西へと向かっている。

第三艦隊第二部隊の空母六隻——第四航空戦隊の「大龍」「神龍」、第五航空戦隊の「飛鷹《ひよう》」「隼鷹《じゅんよう》」、そして米国より輸入した新鋭の小型空母「丹鳳《たんほう》」「雲鳳《うんほう》」より出撃した第二次攻撃隊が、トブルクに向かっているのだ。

3

このとき、イタリア領リビアの沖には、連合軍の空母機動部隊二部隊が展開している。

小沢治三郎《おざわじさぶろう》中将を司令長官とする第三艦隊と英国本国艦隊に所属するS部隊だ。

第三艦隊は、小沢が直率する第一部隊と、角田覚治《かくたかくじ》中将が指揮する第二部隊に分かれ、トブルクの北東海上にいる。

S部隊は、より西方——ベンガジの北東海上だ。

第三艦隊旗艦「翔鶴《しょうかく》」には、各部隊からの報告が次々と入っており、参謀長山田定義《やまださだよし》少将以下の幕僚たちは、情報の整理に追われていた。

「英軍は攻撃成功か」

作戦室の机上に広げられている戦況図を見下ろしながら、小沢は呟いた。

地図には敵飛行場の所在地が描かれており、ベンガジには射線二本が引かれている。

トブルクは角田の第二部隊が攻撃しているが、詳しい報告はまだ届いていない。

第二部隊のみでトブルクの敵飛行場を使用不能に追い込めなかった場合には、第一部隊の艦上機隊が出撃する予定だった。

「英軍は、ベンガジの敵戦闘機は少なく、艦爆、艦攻はほとんど妨害を受けることのないまま、敵飛行場への投弾を成功させた、と報告しています。敵は、我が方がベンガジを衝《つ》いてくるとは考えていなかったのかもしれません」

首席参謀高田利種《たかだとしたね》大佐が報告した。

「飛び石作戦の効果でしょうか?」

「まだ、はっきりしたことは言えぬ。枢軸軍がリビアの全拠点を守ろうとして、兵力を分散させている可能性もある」

山田参謀長の問いに、小沢は答えた。

第三段作戦の序盤における攻略目標は、S部隊が攻撃したベンガジだ。

より手前にあるトブルクは、飛行場を叩くに止め、攻略作戦は実施しない。

現在、北阿弗利加方面軍、略称「北阿《ほくあ》方面軍」隷下の陸軍第一七軍を乗せた輸送船団が、エジプト沖を西に向かっている。

トブルク、ベンガジの敵飛行場を使用不能に追い込み、リビア東部の制空権《せいくうけん》奪取に成功したら、第一七軍はベンガジに上陸する。

これが、遣欧艦隊の作戦参謀芦田優中佐が考案した飛び石作戦の骨子《こっし》だった。


「リビアの枢軸軍は、トブルクに大兵力を集中し、堅固《けんご》な防御陣地を築いていることが、航空偵察により明らかとなっています。第三段作戦の目標がイタリアの屈服であり、そのためには可及的《かきゅうてき》速やかにシチリアを攻略する必要があることを考えれば、トブルクで足止めされる事態は避けねばなりません。この際、トブルクは飛ばし、後方のベンガジに上陸作戦を敢行《かんこう》するのが得策《とくさく》と考えます」

芦田は、山本連合艦隊司令長官も臨席《りんせき》する作戦会議の席上、このように主張した。

「トブルクの敵軍がエジプトに再度侵攻する、あるいはベンガジに急行し、上陸部隊を叩く可能性が考えられる」

との反対意見に対しては、遣欧艦隊の陸軍参謀岸《きし》川公典《かわきみのり》中佐が応えた。

「敵のエジプト再侵攻に対しては、アレキサンドリアの手前にあるエル・アラメインで守りを固めます。トブルクの枢軸軍がベンガジ救援に向かった場合、リビアの地形上の問題から、海岸線に沿って進撃せざるを得ません。彼らに対しては、艦砲射撃、または母艦機による航空攻撃で叩く旨を、遣欧艦隊が約束しています」

枢軸軍がトブルクから出て来れば、むしろ敵撃滅《げきめつ》の好機《こうき》です——岸川はそのように強調し、芦田の作戦案を補強した。

最終的に芦田の作戦案が採用され、トブルクは飛ばすと決定されたのだった。

「S部隊から、必要であればトブルク攻撃の応援に向かいたいと言って来ております。返答はいかがいたしますか？」

「『来援請フ《コ》』と、S部隊に伝えてくれ」

通信参謀中島親孝《なかじまちかたか》少佐の報告に、小沢は即答した。

第二部隊による攻撃の成否《せいひ》は、まだはっきりしていないが、戦場では何が起こるか分からない。ベンガジ攻撃が成功した以上、S部隊には近くにいて貰った方がよい。

「攻撃隊の報告電を受信！」

S部隊に返信を送ってから三〇分ばかりが経過したとき、「翔鶴」の通信室から報告が上げられた。

「攻撃終了。『トブルク』ノ敵飛行場ニ爆弾五〇発以上命中。効果甚大《ジンダイ》。敵戦闘機ハ僅少《キンショウ》。今ヨリ帰投ス。一八一四《ヒトハチヒトヨン》（現地時間一一時一四分）」

「効果甚大、か」

小沢は、中島通信参謀が読み上げた報告電の一部を繰り返した。

報告を聞いた限りでは、トブルク攻撃が成功したことは間違いない。

ただし、敵飛行場を使用不能に追い込んだかどうかまでは、報告電だけでは判定できない。

「参謀長、第一部隊も攻撃隊を出そう」

小沢の一言に、山田は怪訝《けげん》そうな表情を浮かべた。

「攻撃隊は、効果甚大と報告しています。トブルクの敵飛行場は壊滅したと考えられますが」

「念には念を入れる。敵機には、輸送船団に手を出させたくない」

断固たる口調で、小沢は言った。

「分かりました。攻撃隊を発進させます」

山田が命令を復唱《ふくしょう》し、第一、第二両航空戦隊に命令を伝えた。

「風に立て」が下令《かれい》され、「翔鶴」以下の四隻が、風上に向かって突進する。

飛行甲板上で待機していた攻撃隊が、フル・スロットルの爆音を轟《とどろ》かせ、次々と舞い上がってゆく。

新型艦戦の炎風は、まだ配備数が少ないため、艦戦隊は零戦のままだが、艦上爆撃機は九九艦爆から米国製の三式艦爆に代わっている。

内地の航空技術廠《ぎじゅつしょう》では、九九艦爆の後継機として、一三試艦上爆撃機の開発を進めていたが、同機の液冷エンジンは精緻《せいち》に過ぎて量産と整備が難しいことから開発が難航していた。

「兵器は、戦争に間に合わねば意味がない。この際、背に腹は代えられぬ」

航空本部長を務める塚原《つかはら》二四三《にしぞう》中将の一言が決め手となり、米国のダグラスSBD〝ドーントレス〟が三式艦爆として制式採用されたのだ。

四隻の空母から、零戦六四機、三式艦爆七二機、計一三六機の攻撃隊が発艦し、整然たる編隊形を組んでトブルクに向かう。

しばらく上空に爆音が響いていたが、やがて聞こえなくなる。

攻撃隊の発進を待っていたかのように、通信室に詰めていた航空甲参謀内藤雄《ないとうたけし》中佐が、艦橋に上がって来た。

「大龍」に乗艦している第四航空戦隊の航空参謀奥《おく》宮正武《みやまさたけ》少佐と連絡を取り、第二部隊の状況把握《はあく》に努めていたのだ。

「第一次攻撃隊の戦果と損害につきまして、報告します。第一次攻撃隊は、『大龍』『神龍』より炎風七二機が出撃し、トブルク上空で敵約八〇機と交戦しました。戦果は撃墜二九機と見積《みつ》もられます。損害は未帰還七機、帰還後に修理不能と判断され、廃棄された機体が八機です。なお、廃棄された機体の搭乗員は、全員が軽傷または無傷で済んだ、との報告が届いております」

「長官、第一次攻撃、炎風の実戦テスト共に成功です」

　山田が喜色《きしょく》を浮かべて言い、小沢も「うむ！」と頷いた。

　第一次攻撃隊は、優勢な敵機と戦って三割以上を撃墜し、未帰還機を一割未満に抑えたのだ。帰還後の廃棄機を含めても、損失は約二割となる。

　完勝とまでは行かないにしても、互角以上に戦ったと言っていい。

「勝利以上に喜ばしいのは、搭乗員の生還率の高さだ。炎風の防御力の高さは、今日の戦いで実証された。今後の戦いでは、搭乗員の戦死者を抑えられる。そのことが、私には何より嬉しい」

「おっしゃる通りです」

　小沢の言葉に、山田と内藤が異口同音《いくどうおん》に応えた。

　開戦時の主力艦戦だった零戦は、火力が大きく、航続距離が長く、格闘性能に優《すぐ》れる一方、防御力が弱いという欠点があり、多くの艦戦搭乗員が失われて来た。

　小沢も、連合艦隊の山本長官も、

「このままでは、海軍航空隊が深刻な人材不足に陥《おちい》る」

　との危機感を抱いていたが、零戦の後継機となる新型艦戦の実用化は昭和二〇年頃になる見込みであり、零戦の性能向上も思うに任せない状態が続いていた。

　そこに、米国から戦闘機の売り込みがあったのだ。

　米側は、グラマンF６F〝ヘルキャット〟のエンジン出力が零戦の約二倍であること、一見《いっけん》鈍重そうな外見に似合わず運動性能が高いこと、主翼を付け根から折りたためるため、母艦への搭載機数を増やせること、何よりも防御力は零戦と比較にならないほど高いことを強調し、Ｆ６Ｆを強く推《お》した。

　主力艦戦を輸入に頼ることについては、海軍部内に反対意見も多かったが、

「新型艦戦が実用化されるまでの繋ぎとしてであっても、Ｆ６Ｆを採用してはどうか」

　という塚原航空本部長の意見が通り、同機が「炎風」の名称で採用されたのだ。

（開発中の新型艦戦は、不要になるかもしれぬ）

　そんなことを、小沢は考えている。

　新型艦戦が誕生したとしても、炎風以上の性能が得られるかどうか分からない。

　このまま、対独戦の終結まで炎風を使い続けるという選択もあるのではないか、と小沢は将来を見通していた。

　二〇時四七分（現地時間一三時四七分）、「翔鶴」の通信室より報告が上げられた。

「攻撃隊指揮官機より受信。『〈トブルク〉上空ニ敵機ナシ。今ヨリ攻撃ス。二〇三三《マルサンサン》』」

「駄目押しになったようだな」

　中島が報告電を読み上げると、小沢は幕僚たちに笑いかけた。

　トブルク上空に敵機がいない以上、同地の敵飛行場は完全に使用不能になっていると判断できる。

　連合軍は、東部リビアの制空権を奪取したのだ。

　小沢は山田に命じた。

「第一七軍に、トブルク、ベンガジの敵飛行場を叩いた旨を打電してくれ。いつでも上陸できる、と」

4

　後ろから蹴飛ばされるような衝撃と共に、機体が射出された。

　水上機母艦「日進《にっしん》」から放たれた零式水上偵察機は、一旦海面近くまで降下した。両翼下のフロートが、今にも波頭《なみがしら》に接触しそうになった。

　三菱「金星」四三型エンジンの爆音が高まり、機

首が上向いた。

機体が海面から離れ、零式水偵は緩《ゆる》やかな角度で上昇を開始した。

機長と偵察員を兼任する鹿田《しかだ》隆《たかし》中尉は、後方を振り返った。

鹿田機と共に第二小隊を組む三機の零式水偵が、連続して射出される。

「一五《ヒトゴ》（一五〇〇メートル）まで上昇」

「高度一五《ヒトゴ》。宜候《ようそろ》」

鹿田の指示に、操縦員の鈴木《すずき》慎吾《しんご》上等飛行兵曹が復唱を返した。

零式水偵は、上昇を続ける。

眼下には、真っ青に染まった地中海の海面と、五〇隻以上の輸送船が見える。

百武晴吉《ひゃくたけはるよし》陸軍中将が率いる第一七軍の将兵約四万と、戦車、装甲車、火砲《かほう》等の装備や燃料、弾薬、食糧等の補給物資を運んでいるのだ。

船団は五列の複縦陣《ふくじゅうじん》を組んでおり、周囲を第八艦隊隷下の護衛艦艇が守っている。

鹿田の母艦「日進」は、船団の最後尾だ。

客船を改装した特設水上機母艦ではなく、呉《くれ》海軍工廠《こうしょう》で建造された正規の帝国海軍軍艦であるため、最大二八ノットの速度性能を持つが、今は船団に合わせて、八ノットの速力で西に向かっていた。

「指揮所より鹿田一番」

無線電話機のレシーバーに、「日進」飛行長野辺《のべ》俊吉《しゅんきち》中佐の声が響いた。

「敵の通信波は、本艦よりの方位七〇度から九〇度の範囲内から発せられた。船団からの距離は二〇浬以内と見積もられる」

「鹿田一番了解。母艦よりの方位七〇度から九〇度、距離二〇浬以内の海面を捜索《そうさく》します」

鹿田は野辺に返答し、次いで小隊の三機に命じた。

「鹿田一番より二、三、四番。敵潜は母艦よりの方位七〇度から九〇度。距離は二〇浬以内。今より捜索にかかる」

各機の機長から、「了解」の返答が届く。

こちらは鹿田機よりも低めの高度を飛んでいる。

特設水上機母艦の「神川丸《かみかわまる》」に乗艦し、セイロン島の近海で対潜哨戒《しょうかい》に当たっていたときは、鹿田も海面をなめ回すような低空飛行で敵潜の捜索に当たっていた。

だが、「日進」に異動し、戦場が地中海に移った現在は、開戦時にはなかった機材を装備していた。

四機の零式水偵は、一旦針路を九〇度に取り、ゆっくりと飛行する。

二〇浬ほど飛んだところで、針路を〇度、すなわち真北に変更し、七浬を飛ぶ。

二度目の変針で、針路を二五〇度に取り、船団の上空に戻る。

Uボートの存在をうかがわせるものはない。海は、静かに凪《な》いでいる。

「友軍に通信を送った後、すぐ避退《ひたい》したのかもしれませんね」

操縦員席の鈴木が、敵潜の行動を推測した。

日本軍が水上機を対潜哨戒に活用するようになってからは、潜望鏡《せんぼうきょう》深度に潜むUボートを多数撃沈して来たが、敵も戦訓に学んだのだろう、報告電を打電した後は、すぐ深みに潜航することが多い。

逃げた潜水艦は、目視では発見できない。

「もう少し、探しましょう。敵潜が僅かでも動けば、発見できる可能性があります」

「分かった」

電信員席に座る田代八郎《たしろはちろう》一等飛行兵曹の具申を、鹿田は容《い》れた。

対潜戦は、自己の忍耐心が問われる戦いでもある。ここは、我慢《がまん》のしどころだ。

(乗艦沈没の地獄《じごく》を、『日進』の乗員や第一七軍の将兵に味わわせるわけにはいかない)

一年近く前のことを、鹿田は思い出している。

あの日——昭和一七年八月二二日、鹿田の乗艦だった「神川丸」は、日没後にUボートの雷撃を受けて撃沈され、乗員は艦からの脱出と数時間の漂流を余儀《よぎ》なくされた。

鹿田は対潜哨戒の任務終了後、命令に従ってセイロン島のトリンコマリーに飛んだため、巻き込まれずに済んだが、漂流している間、力が尽きて沈んでいったり、潮《しお》に流されて行方不明になったりした「神川丸」乗員は多数に上《のぼ》ったと聞かされている。

鹿田にとり、Uボートとの戦いは、味方の兵を守るだけではなく、「神川丸」の仇討《あだう》ちでもあった。

鹿田の小隊は、船団の後方を繰り返し行き来する。

船団は八ノットの速力で前進し、敵潜との距離が開いてゆく。

潜航中の潜水艦が、船団に追いつくことはない。一旦、母艦に戻った方が得策ではないか。

鹿田がそう思い始めたとき、

「磁探《じたん》に感あり！」

田代の叫びが、伝声管《でんせいかん》を通じて伝わった。

新式機材の磁気探知機KMXが、敵潜の位置を突き止めたのだ。

磁探は、艦船が磁性体であることを利用し、艦船の移動に伴う地球磁場の変化を検知することによって、潜水艦の位置を突き止める機材だ。

敵潜の艦長は、船団が自艦から充分離れたと判断し、移動を開始したのかもしれない。

「敵潜の位置は？」

「左一三〇度、五〇《ゴマル》（五〇〇〇メートル）！」

鹿田の問いに、田代は即答した。

「鈴木、左一三〇度、五〇《ゴマル》の地点に向かえ。敵潜がいる」

「鹿田一番より小隊全機へ。敵潜発見。今より、潜航場所を示す」

鹿田は鈴木に命じ、次いで小隊の二、三、四番機に指示を送った。

零式水偵が左に旋回し、敵潜の潜航場所と推定される海面に向かう。

（爆弾搭載機が三機だけでは、撃沈は難しいかもし

れん）

小隊の二、三、四番機を見て、鹿田は考えを巡らした。

一番機が磁探によって敵潜の位置を突き止め、二、三、四番機が、対潜爆弾によって敵潜を攻撃する。

問題は、磁探では敵潜の位置を突き止められても、潜航深度までは突き止められないことだ。

三機が対潜爆弾を投下しても、敵潜から離れた位置で爆発するだけに終わるかもしれない。

（三機で駄目なら、応援を呼ぶまでだ）

鹿田は、腹をくくった。

「日進」は正規の水上機母艦であるだけに、搭載機数が多い。

元々は、水上機と特殊潜航艇「甲標的《こうひょうてき》」の母艦を兼任する艦として建造されたが、建造途中で水上機のみを搭載するよう計画が改められたため、常用二〇機、補用五機の運用能力を持っている。

「敵潜、本機の真下です！」

「現在位置で旋回しろ。信号弾《しんごうだん》を発射する」

田代の報告を受け、鹿田は鈴木に命じた。

零式水偵が速力を落とし、ゆっくりと旋回した。

鹿田は右腕を真上に突き出し、信号弾を一発発射した。

「この下に敵潜がいる」との合図《あいず》だ。

小隊の二、三、四番機が飛来し、鹿田機の真下の海面に対潜爆弾を投下する。

二、三番機の対潜爆弾は、三〇メートル以上の深さで起爆するよう調整されていたためだろう、海面に爆発の飛沫《しぶき》が上がることはなかったが、四番機が投弾してから数秒後、海面が大きく盛り上がって弾《はじ》ける。

四番機は、潜望鏡深度の敵艦を攻撃するため、起爆深度を一五メートルとしていたのだ。

「高度〇五《マルゴ》（五〇〇メートル）」

鹿田は鈴木に命じた。

低空に降り、浮遊物の有無《うむ》を確認するのだ。

敵潜撃沈の確証が得られなかった場合には、「日進」に報告し、応援の水偵を呼び寄せる。

「高度〇五《マルゴ》。宜候」

鈴木が復唱を返し、機体を左に大きく傾ける。

鹿田機は、空中を滑り降りるような格好《かっこう》で高度を落とし、高度五〇〇メートルで機体を水平に戻す。

投弾を終えた三機を含む四機の零式水偵が、爆音を轟かせながら、低空をゆっくりと旋回する。

「鹿田三番より一番。海面に油膜《ゆまく》！」

三番機の機長を務める原田英作《はらだえいさく》上等飛行兵曹の報告が、レシーバーに響いた。

鹿田は、海面を注視《ちゅうし》した。

陽光を反射し、ぎらぎらと光る油が、波の間に見て取れた。

「まだだ」

との呟きを漏らした。

潜水艦は沈没を偽装《ぎそう》するため、故意に燃料を放出することがある。油膜を発見しただけでは、撃沈とは断定できない。

更に数分が経過したとき、

「左前方に浮遊物！」

田代が叫んだ。

鹿田が命じるよりも早く、鈴木が左旋回をかけた。

軽油に混じって、書類らしきものが浮かび上がっている様を鹿田は認めた。それだけではない。敵兵の死体とおぼしきものが複数見える。

鹿田の小隊は、敵潜の撃沈に成功したようだ。

「鹿田一番より指揮所。攻撃終了。海面に浮遊物を確認。浮遊物の中に、敵兵の遺体あり」

鹿田は、野辺飛行長を呼び出して報告した。

「撃沈確実」と報告したいところだが、「神川丸」に乗艦していたとき、

「報告に、推測は入れるな。事実のみを伝えよ」

と命じられている。

潜航中の潜水艦のように、撃沈を目視確認できない敵を相手取るときには、特に注意が必要だ。

「敵潜撃沈と認める。一旦帰艦せよ」

「今より帰艦します」

野辺の命令に、鹿田は復唱を返した。

鈴木と麾下《きか》の三機に「帰艦する」と伝えた。

四機の零式水偵は、海上の浮遊物を後に残し、船団を追う。

母艦の「日進」が近づいて来た。


八月五日、日本帝国陸軍第一七軍は、ベンガジの南南西約三五キロの海岸より上陸を開始した。

未明より、多数の大型発動機艇《はつどうきてい》、小型発動機艇が着岸し、完全武装の歩兵が砂浜に足を降ろす。

歩兵と共に、大小の火砲、弾薬、食糧、医薬品等が陸揚《りくあ》げされる。

米国から導入した戦車揚陸艦《ようりくかん》からは、海岸に道板《みちいた》が渡され、三式中戦車、三式装甲車が砂を踏みしめる。

時間の経過につれ、兵士や戦車、装甲車の数が増えてゆく。

上陸部隊に対する反撃は、全くない。

工兵隊は、歩兵よりも先行して、地雷《じらい》の処理に当たっているが、発見された地雷はない。

エジプトのアブキール湾にはあった塹壕《ざんごう》やトーチカも、ベンガジの南南西には設けられていない。

第一七軍は一発の銃火も浴びることなく、海岸の橋頭堡《きょうとうほ》を拡大してゆく。


「敵の隙《すき》を突けたようだな」

船団の護衛に当たる対潜部隊の一艦――第五対潜戦隊旗艦「球磨《くま》」の艦上で、司令官八代祐吉《やつしろすけよし》少将は言った。

第五対潜戦隊、略称「五対潜」は、第三段作戦の開始に合わせて新編成された部隊だ。

旗艦「球磨」の他、水上機母艦「日進」、第一一一、一一二の二個駆逐隊八隻を指揮下に収めている。

輸送船団には五対潜の他、水上機母艦の「瑞穂《みずほ》」

と軽巡洋艦「多摩《たま》」、第一一三、一一四の二個駆逐隊を擁《よう》する第六対潜戦隊も護衛に就いており、水上機母艦、軽巡、駆逐艦を合わせた二〇隻が、周囲の海に目を光らせている。

護衛艦艇のうち、「球磨」「多摩」の二艦は、第一七軍から支援要請があった場合に備えて、一四センチ主砲を内陸に向けているが、今のところ、ベンガジの沖に砲声が轟くことはなかった。

「ベンガジの敵軍は、陸伝いの進攻を想定していたのでしょう。ベンガジの北側に防御陣地を築いても、南側には築く必要を認めなかったのかもしれません」

「我が軍がトブルクを飛ばすとは、敵も想定していなかったのだろう」

首席参謀の長瀬《ながせ》巧《たくみ》中佐の言葉を受け、八代は愉《ゆ》快《かい》そうに笑った。

（陸はよしとして、海から来る敵が問題だ）

司令官と首席参謀の言葉を聞きながら、「球磨」艦長坂崎国雄《さかざきくにお》大佐は海面を見つめている。

坂崎は第二段作戦の期間中、第一〇三駆逐隊の司令として、Uボートとの戦いに当たっていたが、第三段作戦の開始に先立って大佐に昇進し、「球磨」の艦長に任じられたのだ。

ポートサイドを出港してからベンガジに到達するまでの間、船団は三度、敵潜水艦と遭遇《そうぐう》している。

いずれも、五対潜、六対潜の水上機と駆逐艦が撃退し、輸送船に被害はなかったが、ベンガジに連合軍が上陸したと聞けば、敵潜水艦が集まって来る可能性がある。

海岸の近くは水深が浅く、Uボートが襲撃して来る危険は少ないが、絶対にないとは言い切れない。

「Uボートは来ると思うかね？」

八代が坂崎に聞いた。

坂崎の経歴は、八代も知っている。対潜戦の経験が豊かな指揮官として、意見を聞きたいようだ。

過去の対潜戦を思い出しながら、坂崎は答えた。

「昼間は仕掛けて来ないでしょう。Uボートの中には、時として無謀《むぼう》と思えるような攻撃をかけて来る艦もありましたが、全般的には慎重に行動する艦が多くを占めています。白昼《はくちゅう》、浅海面《せんかいめん》で襲撃して来る可能性は小さいと考えます」

「日没後が危ない、ということか?」

「はい」

「揚陸が終わり次第《しだい》、ベンガジから離れた方がよいだろうか? 八艦隊司令部からは、必要に応じて第一七軍を支援するよう命じられているが」

「輸送船の安全を第一に考えるなら、可及的速やかにベンガジから離れるべきでしょう。第一七軍への支援が必要なら、本艦と『多摩』のみが現海面に残るという選択もあります」

「球磨」「多摩」は、大正九年から一〇年にかけて竣工《しゅんこう》した旧式艦だが、内地で改装を受け、最新の電探、水中聴音機《ちょうおんき》、水中探信儀《たんしんぎ》を装備している。

通信設備も拡充され、香取《かとり》型の練習巡洋艦と同等のものが設けられた。

爆雷投射機の他、新式機材の前方投射型爆雷、略称「前投爆雷」の発射機も装備されている。

「多摩」と二艦、あるいは単艦で行動しても、敵潜の襲撃に対応できると、坂崎は考えていた。

「揚陸作業が終わるまで様子を見よう。第一七軍から支援要請がないようであれば、引き上げても支障《しょう》はないだろう」

八代は、方針を告げた。

日が替わってから二時間近くが経過した一時五三分(現地時間八月五日一八時五三分)、第一七軍司令部より、

「揚陸作業完了。今ヨリ進撃ス。援護ニ深謝《シンシャ》スルト共ニ貴隊ノ武運長久《ブウンチョウキュウ》ヲ祈ル」

との通信が届いた。

艦砲による支援は必要ない、との意思表示だ。

軽巡、駆逐艦と共に対潜哨戒に当たっていた水上機は、日没が近いため、全機が母艦に戻っている。

日本海軍 軽巡洋艦「球磨」(対潜装備増強後)

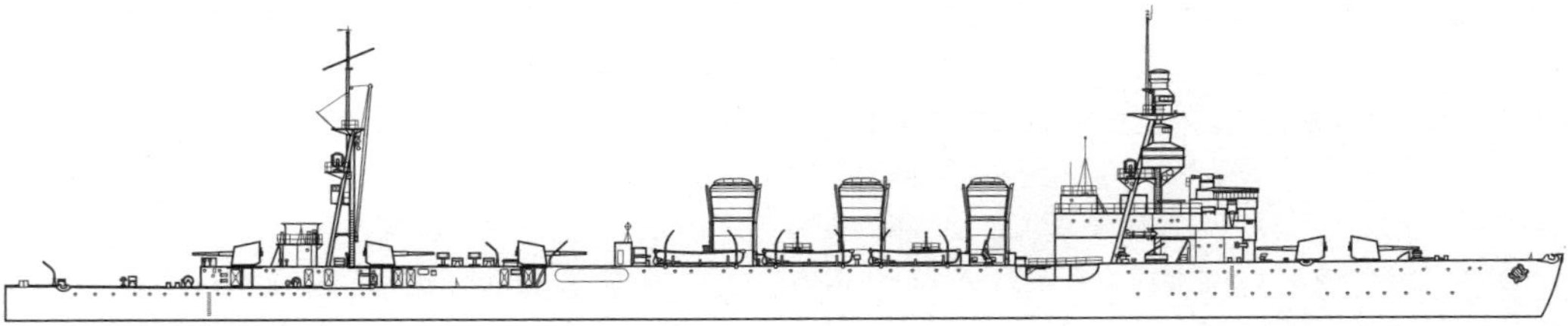

全長	162.2m
最大幅	14.2m
基準排水量	5,350トン
主機	ギヤードタービン 4基/4軸
出力	90,000馬力
速力	32.5ノット
兵装	14cm 50口径 単装砲 5基 25mm 3連装機銃 2基 前方投射型爆雷(ヘッジホッグ) 2基 両舷用爆雷投射機 2基 爆雷 24個(ヘッジホッグ除く)
乗員数	468名
同型艦	多摩、木曽

水雷戦隊旗艦として建造された球磨型軽巡洋艦の一番艦。天龍型の発展拡大版であり、強力な武装と優れた航洋性能で使い勝手の良い軽巡としてさまざまな任務に活用された。しかし、今次大戦においては、艦齢も四半世紀を数え、近代戦への対応も難しいとの判断により、対潜水艦部隊の中心戦力とすべく対潜兵装の強化工事が行われた。艦橋脇の3、4番主砲を撤去し、新兵器の前方投射型爆雷(ヘッジホッグ)を装備したほか、前部魚雷発射管の撤去跡には大型の通信設備を設置し、対潜部隊の指揮統制に充分な通信能力を得た。同様の改造は、本艦のほか、同型艦の「多摩」「木曾」にも施されている。

対ドイツ戦においては、Uボートの跳梁をいかに抑え込むかが重要であり、本艦の活躍には大きな期待が掛けられている。

「引き上げるとしよう。船団針路三五〇度」

八代が下令したとき、唐突《とうとつ》にそれは起きた。

輸送船一隻の艦腹に、巨大な水柱が奔騰《ほんとう》したのだ。

「『国分丸《こくぶまる》』被雷！」

見張員が船の名を報告したときには、二隻目、三隻目が被雷している。

一隻は船首を食いちぎられて前に大きくのめり、もう一隻は左舷中央に魚雷が命中して火災を起こす。

「全艦、対潜戦闘！」

「『日進』『瑞穂』と輸送船は、できる限り陸に近づけ。下手《へた》に動くより、陸に近い方が安全だ」

五対潜、六対潜の統一指揮権を持つ八代が、大声で下令する。

船団を囲むように展開していた「球磨」「多摩」と一六隻の駆逐艦は、敵潜の捜索を開始する。

水測員は水中聴音機を通じて、海中の音に耳を傾け、あるいは探信音を放って、反射波を捉えようとする。

「日没を待たずに仕掛けて来るとは……」

坂崎は、見通しの甘さを悔《く》やんだ。

現在、船団がいるのは浅海面だ。深みに潜って爆雷を回避する手は使えない。

しかも昼間のうちは、対潜用の艦艇だけではなく、航空機も目を光らせている。

この状況下、白昼に仕掛けて来ることはないと考えていた。

だが、敵潜は盲点《もうてん》を衝いて来た。

日没間際《まぎわ》――航空機が母艦に収容され、かつ海面にまだ光があるうちに襲撃して来たのだ。

「しかし、何故《なぜ》浅海面に……」

「浅海面だからこそ、とも考えられる」

首を傾《かし》げた長瀬首席参謀に、坂崎は自身の考えを伝えた。

浅海面では、水中探信儀は使い難《にく》い。探信音の反射波が、潜水艦のものか、海底にぶつかって跳ね返ったものか、区別が付き難いためだ。

彼らは探信音を回避するため、敢《あ》えて浅海面で襲撃して来たのではないか。

「今は目の前の敵を探し出し、仕留《しと》めるのが先だ」

これ以上の犠牲は、何としても避けたい。残った輸送船は、全て無事に連れ帰らねば――八代の厳しい声から、そんな決意が感じられた。

「『梅《うめ》』より受信。『我《ワレ》、敵潜一ヲ探知。今ヨリ攻撃ス』！」

通信長高田慎吾《たかだしんご》少佐が報告を上げた。

「梅」は、今年初めから竣工し始めた戦時急造型駆逐艦松《まつ》型の三番艦だ。全長一〇〇メートル、最大幅九・四メートル、基準排水量一二六二トンと、艦隊型駆逐艦より小さいが、直線を多用しており、短期間での建造が可能となっている。

艦名に植物の名を用いているため、口が悪い者からは「雑木林《ぞうきばやし》」などと揶揄《やゆ》されることもあるが、対空、対潜兵装については、艦隊型駆逐艦より充実している。

その一艦が、敵潜発見の報告を送って来たのだ。

ほどなく「球磨」の右前方から、炸裂《さくれつ》音が届いた。

「梅」が、探知した敵潜に爆雷攻撃を敢行したのだ。

「梅」だけではない。同じ第一一駆逐隊に所属する姉妹艦「桃《もも》」が、爆雷攻撃に加わる。

日没が近いベンガジ沖の海面に、次々と飛沫が上がり、爆発音が繰り返し轟く。

一七発を投下したところで、爆雷攻撃が止んだ。

「『梅』より受信。『艦体破壊音、並ビニ浮遊物ヲ確認。敵潜一ノ撃沈ヲ認ム』」

それに対して、八代が指示を返すより早く、「球磨」の左前方で大量の飛沫が上がった。

若干の間を置いて、下腹《したはら》にこたえるような音が伝わった。

第一二駆逐隊の二番艦「桐《きり》」が、その場に停止し、黒煙を上げている。

敵潜は、身を潜めているだけではなかった。

魚雷の牙《きば》を剝《む》き出し、猛然と反撃に出て来たのだ。

「『桐』より通信。『雷跡ハ本艦ヨリノ方位三三〇度』」

「航海、取舵《とりかじ》一杯。針路三三〇度！」

高田通信長の報告を受け、坂崎は航海長渋谷英吉《しぶやえいきち》中佐に命じた。

「取舵一杯。針路三三〇度！」

渋谷が操舵室に下令し、「球磨」が艦首を左に振る。

「司令官、前投爆雷を使用します」

「いいだろう」

坂崎の言葉に、八代は頷いた。艦のことは全て艦長に任せている、と言いたげだった。

「艦長より水雷。前投爆雷を使用する。二番発射機用意！」

「前投爆雷、二番発射機用意します」

坂崎の指示に、水雷長渡隆平《わたりりゅうへい》少佐が復唱を返す。

「球磨」は五ノットの速力で、浅海面に潜む敵潜との距離を詰める。

被雷した「桐」が右前方から迫り、右正横《せいおう》、後方へと流れてゆく。

艦隊型駆逐艦とは、大きく異なる艦形だ。細い煙《えん》突《とつ》が二本、互いに離れて設けられており、その間に魚雷発射管と対空機銃を装備している。砲熕《ほうこう》兵装は、前部と後部に高角砲一基ずつだ。

全体に、どこか間延《まの》びした印象を受けるが、この艦が対潜戦闘については、艦隊型駆逐艦を凌駕《りょうが》する性能を持つこと、海軍中央が対潜戦の切り札として位置づけていることは紛《まぎ》れもない事実だ。

「桐」が艦橋の死角に消えてから数分後、

「水測より艦長。敵の推進機音を探知。左一五度、一八《ヒトハチ》（一八〇〇メートル）！」

水測長の新井保典《あらいやすのり》兵曹長が報告を上げた。

「航海、針路、速度共このまま」

「艦長より水雷。目標は本艦の左一五度、一八《ヒトハチ》だ」

坂崎は、二つの命令を送った。

「目標、本艦の左一五度、一八《ヒトハチ》。宜候。距離〇二《マルフタ》（二〇〇メートル）にて発射します」

と、渡は折り返した。

「球磨」は、速力を変えることなく航進を続ける。

敵の位置が判明した以上、速力を上げることも可能だが、動きに変化を見せれば、敵潜を取り逃がす可能性がある。

敵潜の所在に気づいていないふりを装《よそお》って接近するのだ。

「距離一四《ヒトヨン》……一三《ヒトサン》……一二《ヒトフタ》……」

水雷指揮所から、報告が届く。

目標を肉眼で見ることはできない。危険な敵の存在をうかがわせるものは、海面にはない。

一〇分余りが経過したところで、

「〇二《マルフタ》！　発射します！」

渡が、力のこもった声で報告した。

一拍《いっぱく》置いて鋭い発射音が艦橋に届き、左前方に向けて多数の爆雷が続けざまに放たれた。

指示通り、二〇〇メートル遠方の海面に、飛沫を上げて着水する。

さほど待たされることなく、海面に巨大な飛沫が奔騰し、炸裂音が「球磨」の艦橋に伝わった。

「水測より艦長。艦体破壊音を確認！」

「見張りより艦長。左前方に浮遊物！」

ほどなく、二つの報告が飛び込んだ。

坂崎は双眼鏡を向け、海面に浮かぶ軽油を確認した。軽油の他にも、書類や水兵服とおぼしきものが見える。

「よし！」

坂崎は、満足の声を上げた。

前投爆雷は、英本国艦隊と共に日本に亡命した技術者が、日本国内で研究を続け、実用化に成功した対潜用の新兵器だ。英国海軍では「ヘッジホッグ」と呼んでいる。

発射された二四発の爆雷のうち、一発でも目標に接触すると、二四発全てが一斉《いっせい》に爆発する。

通常の爆雷は、爆雷発射機か投下軌条《きじょう》によって、艦の側方か後方に投下するが、前投爆雷は箱形の発射機から、前方に投射する。

「球磨」と「多摩」は、一四センチ単装主砲のうち、艦橋の脇《わき》にある三、四番主砲を撤去し、前投爆雷の発射機二基を装備したのだ。

内地での実験により、有効性は確認されているが、実戦で用いたのは初めてだ。

対独開戦後、ほとんどの期間をUボートとの戦いに費《つい》やして来た身としては、何としても実戦の場で性能を実証したいと考えていたが、前投爆雷は期待通りの威力を発揮したのだ。

敵潜一隻の撃沈は、対潜戦闘の終了を意味しない。

太陽は西に大きく傾き、西の水平線の下に半《なか》ば隠れているが、五対潜、六対潜の各艦は五ノットの速力を保ち、なお敵潜を探し続けていた。

第二章　北の「ゲルニカ」

1

その機体が、初めて独ソ戦争の戦場に姿を現したのは、八月六日だった。

午前九時二六分、ソビエト連邦第二の都市レニングラードの全市街に、不吉な響きを持つ空襲警報が流れ始めたのだ。

この時期、レニングラードはドイツ軍による包囲下に置かれている。

市と、ソ連領内の他の地域を結ぶ陸上交通路は、道路も鉄道も全て断ち切られ、飛行場は爆撃によって破壊された。

市の東側にあるラドガ湖にも、ドイツ空軍が目を光らせている。

市内の主だった建造物——アパート、商店、役所、工場、学校、病院、教会等は、ドイツ軍の砲撃と爆撃によって破壊され、瓦礫《がれき》の山となっている。

開戦前は三〇〇万を数えた市の人口は、七割以下に激減した。

砲爆撃よりも、餓死者《がし》、あるいは病死者の方が遥《はる》かに多い。生き延びている市民も、栄養失調の者が多くを占めている。

空襲警報は、飢餓《きが》と疫病《えきびょう》によって疲弊《ひへい》した市民に、追い打ちをかけるかのようだった。

「レニングラード軍管区、空襲警報発令」

市内の複数箇所に設置されているラウドスピーカ——多くは、ドイツ軍の砲爆撃によって破壊された後、修復されたものだ——から、国営放送のアナウンサーが、緊張にこわばった声で市民に呼びかける。

「敵爆撃機の編隊、フィンランド湾を東進中。機数、一五〇機以上。レニングラードへの到達予想時刻は九時五〇分。市民は防空壕《ぼうくうごう》、地下室等に避難せよ。急げ」

市内で、慌《あわ》ただしい動きが始まった。

自力《じりき》で動ける元気を残している者は、街路を走り、防空壕や地下室に飛び込む。

飢餓や病《やまい》のために痩《や》せ衰《おとろ》えている者も、よろめきながら避難所へと向かう。

砲爆撃で負傷したり、両足の筋力が衰えたりしている者も、コンクリート塊《かい》やガラス屑《くず》が散乱する街路を、両腕だけで這《は》い進む。

崩れた建物の陰《かげ》にうずくまったまま動かなかったり、瓦礫に身をもたせかけたりしている者もいる。その多くは、既に体力が限界に達し、死を迎えんとしている人々だった。

市の外縁部や市内の各所に設けられた対空砲陣地では、八五ミリ対空砲、七六・二ミリ対空砲、三七ミリ対空砲が発砲準備を整える。

砲弾は、モスクワ方面から飛来する輸送機が、落下傘《らっかさん》で投下したものだ。

砲手は砲身に大仰角《ぎょうかく》をかけ、間もなく姿を現すであろうドイツ軍の爆撃機を待ち受けていた。


九時五〇分、轟々《ごうごう》たる爆音が、西方――フィンランド湾の上空から、レニングラードに接近し始めた。二〇機前後を一組とした梯団《ていだん》八隊を組んでいる。

「敵高度、約五〇〇〇！」

との情報が、各陣地に伝えられた。

「ドイツ機の識別表にない！」

海に面した八五ミリ対空砲の陣地で、射手が叫んだ。

過去にレニングラードを爆撃した機体――ハインケルＨｅ１１１とも、ユンカースＪｕ88とも異なる。太い胴と、幅広く長い主翼を持つ大型機だ。

ドイツ機の編隊は、フィンランド湾の最奥部《さいおう》――レニングラードの中心地に、まっすぐ向かって来た。

「撃て《アゴーン》！」

号令一下《いっか》、対空砲が火を噴く。

爆撃機群の前方に、左右に、あるいは隊列の直中《ただなか》に、黒々《くろぐろ》とした爆煙が湧く。

地上からは、相当数の砲弾が敵機の至近距離で炸裂しているように見える。

爆風を浴びたのか、よろめく機体もあるが、墜落する機体はない。

整然たる編隊形を保ったまま、市街地の上空に侵入して来る。

大気を裂く鋭い音が、市の上空に響いた。

全半壊状態の建物が少なくないレニングラードの市街地に、多数の黒い塊《かたまり》が吸い込まれた。

数十箇所で爆発が起こり、大量の石塊や土砂、ガラス片が、炎に乗って舞い上がった。

無傷の建物であれ、半壊状態の建物であれ、爆弾は平等《びょうどう》に降り注ぐ。

ロシア正教会に特有の玉葱《たまねぎ》形のドームが、轟音と共に爆砕され、資材が入って来ないために操業を停止していた戦車工場の屋根が崩れ落ちる。

地下室のあるビルが、直撃弾を受けて崩壊し、避難していた人々が生き埋めになる。

街路の直中に落下した爆弾は、道路に大穴を穿《うが》つと共に、周囲に散らばっている建造物の残骸《ざんがい》を巻き込み、ひとまとめにして吹き飛ばす。

路上でうずくまる人々は、爆弾炸裂の閃光《せんこう》と共に消える。

五〇〇〇メートルの高度から降り注ぐ爆弾は、生者も死者も区別なく巻き込み、建造物もろとも打ち砕き、吹き飛ばしてゆく。

爆撃は、フィンランド湾に面した市の西部から中央部、東部へと移る。

黄色い外壁を持つベナルダキ邸《てい》——文豪《ぶんごう》や芸術家が集《つど》ったサロンが轟音と共に崩壊し、カザン聖堂の正面に立ち並ぶ支柱が至近弾落下の衝撃によってへし折られる。

フォンタンカ運河に落下した爆弾は、運河の底の泥を大量の水と共に噴き上げ、アルチニコフ橋への直撃弾は、中央をぶち抜く。

桃色の外壁を持つストロガノフ宮殿は、屋根を打ち砕かれ、宮殿内部から湧き起こった火災炎に包まれ、建物全体が真紅《しんく》に染め上げられてゆく。

エルミタージュ美術館——フランスのルーブル美術館に劣らぬ規模を持つソ連最大の美術館にも、爆弾が落下し始めた。

美術館本体への直撃弾はなかったものの、周囲への至近弾は、窓ガラスを容赦《ようしゃ》なく打ち砕き、建物自体を激しく揺さぶった。

美術館の地下に避難している学芸員や市民は、直撃が来ないこと、収蔵されている貴重な美術品が損害を受けないことを、ただ祈るばかりだった。

来襲したドイツ軍の爆撃機が飛び去り、空から爆音が消えたとき、レニングラードは市内の数十箇所から黒煙を噴き上げていた。

これまでの包囲戦で破壊を免《まぬか》れてきた建造物も、多くが爆砕され、瓦礫の山と化している。

市の中心部を流れるネヴァ川には、多数の死体が浮かんでいる。

炎に追い立てられた市民が川に飛び込んだものの、後から来た人々の下敷きになって、溺死《できし》したのだ。

建物の崩壊に巻き込まれた人々や、避難した地下室から脱出できなくなった人々もいる。

一部では救助活動も始まっていたが、守備隊将兵や市民の多くは、一五〇機以上の重爆撃機がもたらした空襲の惨禍《さんか》を茫然《ぼうぜん》と見つめるだけだった。

ほぼ同時刻、南に大きく下がった地も、同様の災厄に見舞われている。

ヴォルガ河畔《かはん》のスターリングラードに、四発重爆撃機約一〇〇機が来襲したのだ。

この年の春に始まったドイツ軍の大規模な攻勢は、西方のロストフで停止しているため、スターリングラードの市街地は被害を免れていた。

ドイツ軍の地上部隊には手が届かず、戦火に見舞われることもなかった街にも、四発重爆撃機は大量の爆弾を投下し、多くの建造物——アパート、工場、駅舎、学校、病院等を瓦礫と変えたのだ。

レニングラードとスターリングラード——ヨーロ

ッパ・ロシアの北と南に位置し、ソ連共産党の指導者の名を冠《かん》した二つの都市は、炎と黒煙に包まれていた。

両都市を守っていた赤軍の上層部には、これが何かの兆《きざ》しではないかと直感した者もいたが、それが何なのかは、この時点ではまだ分からなかった。

2

「第二戦線を構築して欲しい、というのが貴国の御要望ですか？」

「左様です」

外務大臣東郷重徳《とうごうしげのり》の問いに、駐日ソビエト連邦大使ヤコブ・A・マリクは深々《ふかぶか》と頷いた。

東京・霞《かすみ》ケ《が》関《せき》の外務省だ。

大臣室にはマリクの他、大英帝国正統政府の外務大臣ロバート・L・クレーギー、自由フランス政府の外務担当委員ルネ・マシグリが顔を揃えている。

「我がソビエト連邦は、昨年以来の重大な危機に直面しております。我が国に対するドイツの圧力を軽減するため、連合国の助力《じょりょく》が必要なのです」

マリクは、東郷の前にソ連の地図を広げた。

今年五月、ドイツが新たな攻勢に出てから現在までに占領された地域が、青によって表示されている。

「ドイツの占領地が拡大していますな」

地図を覗《のぞ》き込んだクレーギーが、唸《うな》るような声を発した。

昨年五月七日、独ソ間に戦端が開かれて以来、ドイツ軍は随所《ずいしょ》でソ連軍を打ち破り、一九四〇年の西方電撃戦も及ばぬほどの勢いで占領地を拡大した。

北方では、バルト海の東岸――旧リトアニア、ラトビア、エストニアを占領してレニングラードに迫り、中央では白ロシア共和国のほぼ全域を占領してスモレンスクに到達し、南部ではドニエプル川を越えて、ウクライナ共和国の過半《かはん》を制圧した。

ドイツ軍はモスクワにまで迫る勢いを見せたが、

極東ソ連領から転用された赤軍部隊と「冬将軍」の到来が、辛《から》くもソ連を崩壊の危機から救った。

極寒の中、ドイツ軍は占領地から押し戻され、ドニエプル川以西にまで後退した。

だが、春の訪れと共に、ドイツ軍の新たな攻勢が始まった。

今度はソ連南部に主眼が置かれ、ドイツ軍はウクライナ共和国全土を占領した後、交通の要所であるロストフに到達した。

ドイツが占領した地域の総面積は、昨年よりも明らかに大きい。

このままドイツが占領地を拡大すれば、カスピ海沿岸部に達し、ソ連最大の油田があるバクーに迫るのではないかと思われた。

「問題は、被占領地の拡大ではありません。赤軍参謀本部は、ドイツは我が国に対する戦略の大きな転換を図った可能性がある、と睨んでおります」

マリクは封筒から一〇枚の写真を取り出し、机上に並べた。

いずれも、破壊された建造物や街路に横たわる遺体を捉えたものだ。

市街地から黒煙が上がる様を、少し離れた場所から撮影したものもある。

大規模な爆撃や砲撃を受けた直後のようだ。

「これは——」

東郷の目が、写真の一枚に釘付《くぎづ》けになった。

撮影されている建物に、見覚えがあったのだ。

窓ガラスは一枚残らず吹き飛ばされ、外壁は黒く汚れているが、建物の名は分かる。

エルミタージュ美術館。ロマノフ王朝時代に建設された宮殿を転用した、ソ連最大の美術館だ。

「お分かりになりますか？」

「貴国には、一時期大使として駐在したことがありますからね。レニングラードにも行きましたし、エルミタージュ美術館も見学しました」

マリクの問いに、東郷は頷いた。

「去る八月六日、レニングラードが空襲を受けた直後に撮影されたものです。美術館は直撃を受けず、収蔵物も無事でしたが、窓ガラス等にかなりの被害が生じ、館員にも死傷者が出ました。同じ日に、ヴォルガ河畔のスターリングラードも空襲を受けています」

沈痛《ちんつう》な声と表情で、マリクは言った。

「空襲、ですか……」

「市街地に対する無差別攻撃は、これまでにもありました。ミンスクも、キエフも、スモレンスクも、ハリコフも、ドイツ空軍による空襲や、ドイツの砲兵部隊による砲撃で、大きな被害を受けています。ですが、八月六日のレニングラード、スターリングラード両市への空襲は、これまでのものとは大きく異なるのです。ドイツ軍が用いたのは、四発の重爆撃機でした」

「確かに、従来のドイツ空軍の戦術とは異なりますな」

クレーギーが言った。思い当たる節《ふし》があるようだった。

「イギリス本土を巡る航空戦では、ロンドンもドイツ空軍機の爆撃を受けましたが、用いられたのはハインケルＨｅ１１１、ドルニエＤｏ17といった双発機でした。これらは元々、地上部隊や艦船に対する攻撃に用いられる機体であり、都市への爆撃を主目的に設計されたものではありません。言うなれば、本来の任務とは異なる目的に転用されたものだったのです。八月六日以前の貴国の諸都市に対する空襲も、事情は同じでしょう」

「おっしゃる通りです」

マリクは頷いた。クレーギーは言葉を続けた。

「しかし、四発の重爆撃機となると話は変わって来ます。爆弾の搭載量が大きく、航続距離が長い。遠方から、敵国の都市や工業地帯、交通機関を直接、かつ効率的に叩くことが可能です。敵国の社会資本を破壊し、国力を低下させるという戦略目的に適した機体なのです」

「ドイツはソ連の都市部に対する無差別爆撃に踏み切った、ということですか?」

東郷の問いに、クレーギーは頷いた。

「マリク大使の報告だけでは断定できませんが、その可能性は大《だい》と考えます」

黙《だま》って聞いていたマシグリ外務担当委員が、脇から言った。

「ドイツには、前科《ぜんか》がありますな。一九三九年のポーランド侵攻時にはワルシャワが無差別爆撃を受けましたし、翌一九四〇年の西方侵攻時には、オランダのロッテルダムが大規模な空襲を受けています。ロンドンが繰り返し空襲を受けたことは、改めて申し上げるまでもありません、いや、今回の戦争が始まる二年前、スペイン内戦にドイツが介入《かいにゅう》したときも、ゲルニカが無差別爆撃を受け、多くの死傷者を出しています。そのドイツが、ソ連の諸都市に対する戦略爆撃を躊躇《ためら》うはずがありません」

「つまり、ドイツの新たな戦略とは——」

東郷の言葉に、マリクが応えた。

「戦略爆撃による我がソビエト連邦の屈服。それが、赤軍参謀本部の推測です。同志スターリン(ヨシフ・スターリン。ソ連共産党書記長)も、同意見です」

大臣室の中に、冷え冷えとした空気が流れた。

クレーギーも、マリクも、新たな言葉を発しようとしない。東郷に、ドイツの目論見を理解させようとしているかのようだった。

(戦略爆撃によるソ連の屈服なら、占領地を無理に拡大する必要はない。最前線の後方に航空基地を置き、ドイツ軍と対峙《たいじ》している赤軍の頭越しに要地を叩けばよい)

マリクが広げた地図を見つめながら、東郷はドイツの戦略について考えを巡らせた。

駐ソ大使としてモスクワに滞在しているときに見たクレムリン宮殿や聖ワシリイ大聖堂、国立歴史博物館といった壮麗《そうれい》な建物が、炎の中に崩れ去ってゆく光景が脳裏に浮かんだ。

「ドイツは、いずれモスクワも叩くつもりでしょうな。ソ連の諸都市を、第二、第三のゲルニカにするつもりですか」

東郷の言葉を受け、マリクは心外《しんがい》そうに言った。

「爆撃を受けた二都市の惨状は、ゲルニカの比《ひ》ではありません。レニングラード、スターリングラードに来襲した爆撃機の破壊力は、スペイン内戦にドイツが投入した爆撃機とは比較にならないほど大きいのです」

（かのピカソでも、描き切れないかもしれぬ）

東郷は、スペインの高名な画家パブロ・ピカソが描いた大作「ゲルニカ」を思い出している。

同作では、無差別爆撃の被害を受けた人々の恐怖、悲しみ、怒りといった感情が、これでもかと言わんばかりに表現されていた。

ソ連の二都市では、ゲルニカ市民よりも遥かに大勢の人々が無差別爆撃にさらされ、この世の地獄を味わったのだ。その悲しみや怒りの総量を描こうとすれば、ピカソの絵筆も及ばぬのではないか。

クレーギーが、思い出したように言った。

「ヒトラーは、ドイツ軍がモスクワとレニングラードを占領した暁《あかつき》には、両都市を完全に破壊して平らな地面とし、跡地にゲルマン民族の新しい都市を建設すると公言《こうげん》しているそうです。レニングラード空襲は、その前哨戦《ぜんしょうせん》だったのかもしれません」

「前哨戦というより、政治上の意義を考えてのことではないか、と私は睨んでおります。同志レーニンは我がソビエト連邦の国父《こくふ》とも呼ぶべき人物であり、同志スターリンは同志レーニンの正統な後継者です。二人の名を冠した都市の存在が、ヒトラーには許せなかったのではないか、と」

マリクは、憂悶《ゆうもん》の表情を浮かべている。

レニングラード、スターリングラードへの爆撃は、今後も反復される。ヒトラーが宣言したレニングラードの完全消滅が、現実のものになりかねない――

そんな事態を憂慮している様子だった。

「話を最初に戻しますが、第二戦線を構築して欲しいとの要望は、ドイツの戦略転換が理由なのです」

マリクは威儀《いぎ》を正し、あらたまった口調で言った。

「ドイツの戦略爆撃は、都市部だけではなく、工業地帯に及ぶ可能性も考えられます。戦車や軍用機の生産設備を破壊されては、赤軍はドイツに対する反撃能力を喪失します。最悪の事態を迎える前に、新たな戦線を構築して、ドイツの戦力を分散させて欲しい、というのが、我が国政府の要望です」

「連合軍は、北アフリカと地中海で枢軸軍の兵力を引きつけていますが、これでは不足でしょうか？」

クレーギーの問いに、マリクは答えた。

「第二戦線は、ヨーロッパの地上に構築して欲しいのです。西ヨーロッパに地上部隊が上陸すれば、ドイツは兵力の分散を余儀なくされます。そうなれば、赤軍にも反撃の好機が生まれます。フランス南部には、ドイツ軍は大兵力を配置していませんが、この地に上陸作戦を実施できませんか？」

「南フランスは、ヴィシー政権の支配領域です。同政権は、ナチス・ドイツとの共存政策を採っており、連合国とも敵対しています。最悪の場合、フランス人同士が相戦《あいたたか》うことになりかねません」

マシグリが反発する口調で言った。

フランスの苦しい事情も知らぬ癖《くせ》に、気軽に言ってくれるな、と言いたげだった。

「現実問題として、第二戦線の構築は困難と申し上げざるを得ません」

東郷が応え、地中海を中心とした地図をマリクの前に広げた。

「連合軍は、イタリア領リビアの攻略に取りかかったばかりです。西ヨーロッパに、新たな戦線を築く力はありません。また、我が国は英国との盟約により、英本土の奪回を第一に考えております。英本土からドイツ軍を駆逐し、同地を回復しなければ、大陸ヨーロッパに反攻するための足場《あしば》を作れません」

クレーギーとマシグリは、いかにもその通り、と言いたげに頷いた。

「英本土の回復を最優先とする」とは、日本が参戦した直後、大英帝国正統政府と取り交わした盟約だ。

エジプトも、イタリア領リビアも、英本土に向かうための通過点でしかない。

「ですが、このままでは、我がソビエト連邦は崩壊の道を辿《たど》ります。万一、我が国がドイツに併合されるようなことになれば、ドイツは一層強大になり、もはや打倒は不可能になるでしょう」

考え直して欲しい――そう言いたげな口調で、マリクは訴《うった》えた。

クレーギーが反論した。

「大使閣下《かっか》は危機に瀕《ひん》していると言われますが、貴国の首都も、大部分の領土も健在ではありませんか。本土をドイツに占領された我が国やフランスに比べれば、充分抗戦が可能と考えますが」

「我がソビエト連邦の被害など、小さいものだとおっしゃるのですか？　白ロシアやウクライナを蹂躙《じゅうりん》され、多数の国民を殺され、戦略爆撃まで受けている我が国が？」

「お二人とも、お控え下さい」

東郷は、クレーギーとマリクの間に割って入った。

「どちらの被害が深刻か」などと比較し合っても、意味はない。連合国とソ連が対立すれば、ドイツを利《り》するばかりだ。

「我が国は、ソビエト連邦が受けている被害が小さいものだなどとは考えておりません。英本土の回復を最優先で考えているのは、長期的な戦略に基づいてのことです」

東郷は、マリクに言った。

大陸反攻には数十万、後詰《ごづ》めまで考えれば、一〇〇万を超える大兵力が必要となる。

それだけの兵力を集結できる足場は、英本土以外には考えられない。

連合軍が、英本土の奪回を最優先に考えているのは、日英の盟約もあるが、対独戦略上、英本土の存在が不可欠だからだ、と東郷はマリクに話した。

「第二戦線の構築は望めない。それが連合国の回答ですな？」

「『ない袖《そで》は振《ふ》れぬ』ということわざが、我が国にはあります。貴国が置かれている状況については御同情申し上げますが、現状では、規定の戦略方針に基づいて戦い続ける以外にありません」

確認を求めたマリクに、東郷は返答した。

気休めを言っても意味がない。外交交渉の場では、現実主義に徹して話すのみだ。

「同情をいただいただけで、ドイツ軍を国境の向こうに叩き出せるのなら、これほど楽なこともないでしょうな」

刺《とげ》のある口調で、マリクは言った。

我々が欲しいのは、実のある支援なのだ、と言いたげだった。

「大使閣下は、と言うより、ソ連政府は第二戦線の構築を望まれましたが、それは手段であって、目的ではありますまい。貴国の目的は、ドイツの軍事的圧力を多少なりとも軽減し、反攻の糸口を摑《つか》むことにあると考えますが」

クレーギーの言葉を受け、マリクは疑わしそうな表情を浮かべた。

「第二戦線の構築以外に、ドイツの戦力を分散させる手段があるのでしょうか？」

「詳細は、現時点では明かせません」

クレーギーは、殊更《ことさら》ゆっくりと答えた。

秘匿《ひとく》しなければならない情報を、うっかり口に出してしまうことを警戒しているようだった。

「ただ……ことがうまく運べば、もう少し貴国を楽にできるのではないか、と考えております」

3

「潮目《しおめ》が変わりつつあるようだ」

アメリカ合衆国大統領トーマス・E・デューイは、ホワイトハウスの大統領執務室に参集した顧問団《こもん》のメンバーに言った。

「今年の八月までは、参戦の可否についての世論は五分五分《フィフティ・フィフティ》だった。州や市によって微妙な差異《さい》はあるものの、賛成と反対が五〇パーセント前後で推移していた。参戦反対が多数派を占めていたところも、珍しくない」

国務長官ハンフォード・マクナイターは、予《あらかじ》め配布されていた書類に視線を落とした。

合衆国参戦の是非《ぜひ》を問う世論調査の結果を、州毎《ごと》にまとめたものが記されている。

大統領が言った通り、過去の調査結果とは大きく違う。

どの州でも、賛成派が優勢だ。

賛成が五二・二パーセント、反対が四七・八パーセントと、五分に近いところもあるが、賛成が七〇パーセント近くに達する州もある。

全合衆国での平均値は、賛成が六二・一パーセント、反対が三二・八パーセント、無回答が五・一パーセントとなっている。

僅か一ヶ月の間に、合衆国の国内世論は、参戦に大きく傾いたのだ。

「例の報道が原因でしょうか？」

「その可能性が大きいと見るべきだろうな」

商務長官ウェンデル・ウィルキーの問いに、デューイは頷いた。

「例の報道」とは、八月六日に行われたソビエト連邦の二大都市レニングラード、スターリングラードへの無差別空襲に関する報道を指している。

空襲終了後、モスクワに滞在しているニューヨーク・タイムズやワシントン・ポストの特派員が現地入りし、空襲被害を取材したのだ。

レニングラードはドイツ軍の包囲下にあるため、取材はスターリングラードに限られたが、報道写真が発表されると、ソ連国民に対する同情の声が上がり、合衆国国民の反独感情も高まった。

写真は、無差別爆撃によって破壊された集合住宅や工場だけではなく、死者を含む被災者の姿をも捉えていたのだ。

死者の中には、明らかに子供と分かる者や、乳児と共に死亡した母親と思われる者も、多数含まれていた。

「ナチス・ドイツは、女性や子供も含む民間人を無差別に殺戮《さつりく》する非人道的《ひじんどうてき》な国家であることを、スターリングラードの惨状が物語っている。親ドイツ派は、このことが明らかになっても、なお同国を支持し続けるつもりなのか」

と、ドイツ支持者に対する批判の論陣《ろんじん》を張る新聞社もあった。

この間にも、ドイツ空軍によるソ連諸都市に対する無差別爆撃は続いている。

八月九日には、首都モスクワも爆撃され、市民に多数の死傷者が出たことに加え、戦車や火砲の生産工場にも大きな損害が生じたと伝えられる。

このような状況下で、合衆国国民への世論調査が実施された結果、反独感情と、合衆国の参戦を求める声の高まりがはっきりしたのだ。

陸軍省、海軍省、空軍省からは、軍への入隊志願者が増加しているとの報告も届いている。

デューイ大統領も対独参戦に向け、心を動かされつつあるようだが――。

「合衆国の参戦理由としては、まだ弱いですな。反対派三二・八パーセントという数字は、合衆国国民の三人に一人が参戦に反対していることを意味します。国民の三分の一が反対している状況下で、戦争という重大な行為に踏み切るのは、いかがなものですか」

ウィルキーの言葉に、デューイも賛同した。

「私も、同じことを考えていた。賛成派の六二・一パーセントという数字は確かに大きいが、決定的なものとは言い難《がた》い。参戦を選ぶのであれば、より広範な国民の支持が必要だ」

「合衆国が参戦を躊躇っている間に、死者――それも、民間人の死者は増加の一途《いっと》を辿ります。ドイツとソ連の戦力差も開く一方です。最悪の場合、ソ連の崩壊という事態も起こりえます。猶予《ゆうよ》はあまりないと考えますが」

陸軍長官ヘンリ・スチムソンが言い、海軍長官フランク・ノックスも、いかにも同感、と言わんばかりに頷いた。

「空軍長官の意見はどうかね？」

デューイは、空軍長官チャールズ・リンドバーグに視線を向けた。

軍政のトップにあって、親ドイツの態度を取り続けた人物だ。大統領顧問団のメンバーの中でも、一貫して合衆国の参戦に反対の態度を取っている。

ナチス・ドイツの非道《ひどう》が報道され、かの国の非人道性が明らかになっても、態度を変えるつもりはないのか、と問いたげだった。

「本官の考えは変わりません。合衆国は、ヨーロッパの戦争に介入すべきではないと考えます」

リンドバーグは、躊躇《ちゅうしょ》の姿勢を一切見せることなく答えた。

「本官は、以前にも申し上げました。ドイツのヒトラー総統は、真に打倒すべき敵はソ連の共産主義だと考えており、自身の著作にもその旨を記している。イギリスを打倒すれば、ドイツの鉾先《ほこさき》はソ連に向かうはずだ、と。現実に、ドイツはソ連と戦端を開き、ソ連領内の奥深くに攻め入っています。共産主義が、合衆国とは相容《あいい》れない体制である以上、ドイツの行動は、合衆国の国益にかなうものです」

「ドイツの国家社会主義もまた、合衆国とは相容れない体制です。このままドイツがソ連を打倒し、同国を併呑した場合、大西洋の東側に、強大な独裁国家が誕生しますぞ」

ノックスがリンドバーグに非難の視線を向け、スチムソンもそれに倣《なら》った。

「無差別爆撃によって民間人を大量殺戮するような国家を、看過《かんか》すべきではありません。これ以上の非道を許さぬためにも、合衆国は一日も早く参戦すべきと考えます」

「民間人の犠牲については、ソ連の国家指導者に半分以上の責任があるでしょう。ソ連が早い段階でドイツに和平を求めていれば、スターリングラードの悲劇はなかったのではありませんか？」

「失礼ながら、空軍長官はヒトラー総統の思想を無視、あるいは軽視しておられますな」

マクナイターが、割って入るように発言した。

「ヒトラー総統は、ソ連領をゲルマン民族の生活圏と位置づけ、スラブ民族などは奴隷《どれい》にすればよいと考えています。ソ連が和平を求めたところで、ドイツが応じるはずもありません。受け容れるのは、全面降伏のみでしょう」

「ソ連の降伏は、合衆国にとっては望ましい展開でしょう。共産主義の脅威が消滅するのですから」

リンドバーグは薄く笑った。マクナイターやノックス、スチムソンの非難がましい視線など、歯牙《しが》にもかけない様子だった。

「ドイツが戦略爆撃によってソ連を屈服させれば、軍事史にとっても画期的な一ページが開かれます。戦略爆撃をもってすれば、ソ連のような大国を屈服させることも可能だと実証されるのですから」

「それが、貴官の狙《ねら》いですか。ドイツの勝利を利用して、空軍の勢力や権限を拡張しようというのが」

スチムソンの指摘に対し、リンドバーグは傲然《ごうぜん》と胸を張った。

「時代と共に、戦争のあり方も、急速に変わりつつあります。私は合衆国が時代に取り残されぬ、というより、新しい時代をリードできる国にしたいと考えているだけです」

（戦略爆撃について、ドイツをたきつけたのは、この男ではないのか？）

マクナイターは、リンドバーグに対してそのような疑問を抱いている。

ドイツ空軍がゲルニカを爆撃し、大きな被害を与えたのは一九三七年。リンドバーグがドイツを訪問し、総統アドルフ・ヒトラーや空軍大臣ヘルマン・ゲーリングと親しく会談したのは、その翌年だ。

その次の年には、既に合衆国最初の四発重爆撃機ボーイングB17〝フライング・フォートレス〟の実戦配備が始まっている。

リンドバーグは、ゲルニカに対する爆撃の効果と四発重爆撃機を結びつけ、

「四発重爆撃機を大量投入すれば、敵国の国力を根《こん》幹《かん》から破壊できる」

と、ヒトラーやゲーリングにささやきかけたのではないか。

だとすればリンドバーグは、ソ連に対する戦略爆撃に、間接的な形で助力したことになる……。

「戦略爆撃の効果を実証するというなら、合衆国自らの手で行うべきではありませんか？」

ノックスが言った。

合衆国空軍には、既にB17の他、より高性能なコンソリデーテッドB24〝リベレーター〟という四発重爆撃機も配備されている。

B17、B24より更に高性能な新型四発重爆も、ボーイング社が開発を進めており、来年中には量産に移行できる見通しだ。

それらを対独戦に投入し、ナチス・ドイツを屈服させるべきではないか、とノックスは主張したいようだった。

「そのときが来れば……」

リンドバーグは言葉を濁《にご》した。

（大事なお友達《フレンズ》の国に、戦略爆撃は使いたくないということか）

マクナイターは、リンドバーグの胸の内を見透《みす》かしている。

ドイツ贔屓《ひいき》の発言が目立つことに加え、ヒトラー、ゲーリングの知己《ちき》も得ている人物だ。ドイツ本土を

合衆国の機体で爆撃することには、強い抵抗があるのだろう。

「合衆国が実証できないのであれば、連合国にB17、B24を供与するという選択肢もあるのでは？」

「馬鹿《ばか》な！」

スチムソンの提案を、リンドバーグは一蹴《いっしゅう》した。

「四発重爆撃機は、重要軍事機密の塊のような機体です。他国に渡せるものではありません」

「イギリスも、日本も、合衆国に敵対する意志は持っていません。また、合衆国が対独参戦すれば、両国は同盟国になります」

「短期的にはともかく、長期的にはどうなるか分かりません。将来、イギリスや日本が合衆国と敵対することも起こり得るのです。潜在的な敵国に、四発重爆のような重要な兵器を渡すことはできません」

自分の目の黒いうちは、空軍機の供与は許さぬ——そう言いたげだった。

「諸官の発言を聞いた限りでは、参戦に踏み切るのは時期尚早《しょうそう》のようだな。『未来ある合衆国の青年たちを、旧大陸に送り込んで死なせることはない』という公約は、今なお有効なのだ」

デューイの言葉を受け、リンドバーグが言った。

「議会の問題もありますからな」

世論は参戦支持が多数派を占めているが、議会は、必ずしも世論を反映していない。

上院も、下院も、参戦支持と不支持が拮抗《きっこう》した状態なのだ。

現在の状況を見た限りでは、議会の賛同を得るのは困難と思われた。

デューイは、一応の結論を出した。

「対独参戦という重大な決定は、軽々《かるがる》しくできない。合衆国にとって最善の選択をするためには、なお熟慮《じゅくりょ》の必要があるだろう」

第三章　棒十字《バルカン・クロイツ》の英国機

1

小林宗之助遣欧艦隊司令長官は、いつになく上機嫌だった。

将旗《しょうき》を、それまで乗艦していた「愛宕《あたご》」から「大和」に移したことだけが理由ではない。大きな仕事を成し遂げたことに対する喜びを感じさせた。

「嬉しい誤算《ごさん》だな。これほど早く、リビアの制圧が完了するとは」

幕僚たちの目が、机上に広げられている地中海要域図に向けられた。

エジプトは、全土が連合軍の支配地域であることを示す青で塗られている。

アレキサンドリアと首都カイロには、重要な航空基地があることを示す、航空機のマークが描かれている。

リビアでは、東部の重要拠点であるベンガジに日の丸が、行政の中心地であるトリポリに英国旗《ユニオンフラッグ》が、それぞれ描かれている。

ベンガジは、百武晴吉中将の第一七軍が南南西の海岸に上陸してから、僅か一〇日で陥落した。

激しい市街戦が行われた場所も一部にあったが、アレキサンドリアから飛来する陸海軍航空部隊や遣欧艦隊隷下の第八艦隊による艦砲の支援もあり、第一七軍は急速に占領地を拡大した。

八月一五日、ベンガジのイタリア軍守備隊指揮官は降伏を申し出、同地は連合軍の占領下に入った。

一週間近くが経過した八月二一日、連合軍はトリポリの攻略に取りかかった。

今度はバーナード・モントゴメリー中将が率いる英第八軍が攻略作戦を、英国本国艦隊が海上からの支援を、それぞれ担当した。

ベンガジ攻略よりも時間を要したものの、九月五日、トリポリのイタリア軍は英軍の猛攻に耐えかね、白旗を掲げた。

イタリア軍の一部は、西方のイタリア領チュニジアに脱出したが、英第八軍は追撃をかけていない。

イタリア軍は敗走する際、戦車、火砲といった重装備の多くを放棄しており、チュニジアからリビアに反攻する力は残っていないというのが、第八軍司令部の判断だったのだ。

地図を見た限りでは、連合軍はリビアの二拠点を占領しただけに見える。

トリポリは行政の中心地であるとはいえ、同地の占領がリビア全土の占領を意味するわけではない。

イタリアの国営放送も、ベンガジ、トリポリの失《しっ》陥《かん》を認めながらも、

「連合軍は、点を押さえたに過ぎない。リビアの大部分は、依然《いぜん》我が国の支配下にある。彼らはいずれ砂嵐《すなあらし》に呑《の》み込まれるように、我がイタリア軍の精鋭によって殲滅《せんめつ》される運命を辿るであろう」

と、内外に向けて喧伝《けんでん》している。

だがトリポリの占領は、政治面よりも戦略上の意義が大きい。

同地は、次の攻略目標であるシチリア島を、航空攻撃の圏内に収めているためだ。

英本国艦隊司令長官のジェームズ・ソマーヴィル大将は、トリポリ陥落の第一報を受け取ったとき、

「これで、シチリアへの道が開かれた」

と幕僚たちに語ったという。

小林も、ソマーヴィルと同様の思いを抱いているに違いなかった。

「北アフリカの戦いが始まったのは一九四〇年九月一三日、エジプト全土が枢軸軍の手に落ちたのは翌一九四一年一〇月三一日です」

英国海軍の連絡将校ニール・C・アダムス中佐が、遠くを見るような表情で言った。

「一方、我が連合軍がエジプトの奪回作戦にかかったのは本年一月一四日。それから八ヶ月足らずで、エジプトの奪回だけではなく、リビアの要所を陥落させています。北アフリカで勇名《ゆうめい》を馳《は》せたドイツの

ロンメル将軍（エルウィン・ロンメル元帥《げんすい》。アフリカ装甲軍司令官）でもできなかったことを、我が連合軍は成し遂げたわけですな」

「飛び石作戦を採用し、守りの堅いトブルクを迂回《うかい》したこと。海を最大限に活用したこと。この二つが勝因でしょう。ただし、トブルクは依然枢軸軍が確保していますが」

柳沢蔵之助《やなぎさわくらのすけ》首席参謀の言葉を受け、小林が言った。

「四角四面《しかくしめん》に攻めるばかりが能《のう》ではない。リビア制圧の目的は、シチリア攻撃の拠点確保にあった。より具体的には、トリポリの占領だ。作戦参謀の案は、我が方の被害を最小に抑え、かつ最短で、トリポリ占領の目的を達成できるものだった」

小林の視線を向けられ、芦田優作戦参謀は頭を下げた。

「恐れ入ります。ただ、あの策は私が独自に編み出したものではありません。三年前、ドイツがフランスを屈服させたときの作戦を応用したまでです」

「北アフリカ、特に地中海沿岸部の戦いは、島嶼《とうしょ》の争奪戦に似ていますな」

白石万隆参謀長が感想を漏らした。

「一見、広大な大陸での地上戦であり、陸軍の戦いで勝敗が決まるように見えますが、実際には海上の補給線を維持できるかどうかが勝負を左右します。制海権を確保していれば、敵が守りを固めている場所を迂回し、後方を衝くこともできます。これは、形を変えた島嶼戦と言えないでしょうか？」

「制海権が勝敗に直結する戦場であることは間違いないだろう」

小林は頷いた。

「トブルクを放置して、よろしいのでしょうか？　同地にはイタリア軍の他、ドイツから派遣された装甲師団も駐留しております。彼らがベンガジかアレキサンドリアに打って出る可能性が懸念されます」

岸川公典陸軍参謀が発言した。

トブルクは、英独両軍の攻防の焦点となった港湾都市であり、枢軸軍がエジプトに侵攻したときには、重要な補給港となった。

だが連合軍は、同地の飛行場を叩いただけで、以後は完全に無視した格好だ。

トブルクの枢軸軍は、第一七軍の猛攻にさらされていたベンガジの救援に向かうことも、エジプト領内に再度の侵攻をかけることもない。

ひたすら、守りを固めていただけだ。

岸川の目には、彼らが不気味な存在に映っているようだった。

「ドイツの装甲師団を過小評価してはおりません。むしろ、非常に強力であると認識しているからこそ、トブルクを迂回する道を選んだのです」

芦田は言った。

第一五軍がグレートビター湖の湖畔《こはん》で、六号重戦車〝ティーガー〟を含む強力な装甲部隊と戦い、大きな損害を受けたことは、芦田も知っている。

飛び石作戦を推進したのは、それがリビア制圧の早道だったこともあるが、陸軍部隊がドイツ装甲師団と正面から戦わずに済むよう、配慮したためでもあった。

「勝利のためには、敵の長所を封じ込めることが肝要《かんよう》です。我が軍はトブルクを飛ばすことで、ドイツ装甲師団に力を発揮させないようにしたのです」

「ですが、敵がトブルクから出てきたら――」

「どれほど強力な装甲部隊も、燃料がなければ動けません」

ベンガジ、トリポリを巡る攻防戦の間、イタリア海軍がトブルクへの補給物資や増援部隊の輸送を何度か試みたが、連合軍は阻止に成功している。

また、北阿方面軍から届いた情報によれば、ティーガーは非常に強力である反面、燃費が悪く、長距離の移動に向かない車輌だという。

航続性能から考えても、ティーガーがトブルクからベンガジ、あるいはアレキサンドリアに長駆《ちょうく》攻め込んで来る可能性は乏《とぼ》しい。

こちらからトブルクを力攻《ちからぜ》めにすれば、大損害は避けられないが、そのような危険を冒《おか》す必要はない――と、芦田は主張した。

「わざわざ藪《やぶ》を突いて、蛇《へび》を出すべきではない、ということですか」

岸川は頷き、引き下がった。

「皮肉《ひにく》なものですな。貴国が参戦する前、トブルクは北アフリカにおける激戦地の一つでした。同地の失陥はエジプトの喪失に直結する。そう考えたからこそ、守備隊は死に物狂いで枢軸軍と戦ったのです。その激戦地が迂回されるとは」

大きく息を吐き出しながら言ったアダムスに、芦田が応えた。

「戦略上の重要拠点は、状況次第で変化します。一九四〇年と現在では、状況が異なるだけです」

「トブルクの話はそこまでにして、今後のことを考えよう」

小林が言い、指示棒で地図上のトリポリを指した。

「枢軸軍も、我が方の狙いにはある程度気づいているはずだ。我が軍がリビアを足場にして、シチリア島、ひいてはイタリア本土を狙っている、と。連合軍としては、トリポリの足場を固めるため、可及的速やかに航空部隊を進出させるべきだと考える」

2

英第八軍のトリポリ占領後、最初に空襲警報が鳴り響いたのは九月一〇日だった。

「早速《さっそく》歓迎か！」

日本陸軍飛行第五八戦隊の空中勤務者は、弾かれたように待機所から飛び出した。

飛行第五八戦隊は、第四航空軍隷下の第七飛行師団に所属しており、二式単座戦闘機「鍾馗《しょうき》二型」四八機を擁している。

英第八軍がトリポリの飛行場を占領したとき、いち早く同地に進出した部隊だ。

駐機場に並んでいる鍾馗は、機首が太く、主翼が短い。旋回格闘戦ではなく、速力と上昇力に重点を置いて設計された機体だ。

エジプト奪回作戦で、第一五軍の支援に当たったった第三航空軍にも多数が配備されており、枢軸軍の爆撃機を多数撃墜して、地上部隊の頭上を守った実績を持つ。

トリポリの飛行場占領後、同機が真っ先に進出したのは、チュニジアやシチリア島方面から来襲する枢軸軍の爆撃機に備えるためだった。

「命令。戦隊は全機出撃。高度六〇〇〇。シチリア方面より来襲せる敵機を迎撃せよ。命令終わり」

無線電話機のレシーバーに、戦闘指揮所からの指示が届く。

各機が順次、駐機場より滑走路に移動し、離陸を開始する。

出撃機数は四〇機丁度《ちょうど》。

機首のハ１０９空冷複列星型一四気筒エンジンには、交換用の部品が豊富に用意されているが、埃っぽい前線の飛行場では、不調の機体が出るのは避けられない。

特にリビアの航空基地は、砂漠を近くに控えているため、内地の飛行場に比べ、稼働率が低くなりがちだった。

「六〇〇〇とは高めだな」

九番目に離陸した第三小隊の指揮官都築秋武《つづきあきたけ》中尉は、機体を上昇させながら呟いた。

北アフリカ戦線で水平爆撃の主力となっていたのは、ユンカースＪｕ88か、イタリアのサボイア・マルケッティＳＭ79だったが、それらの機体は高度三〇〇〇メートル前後、高くても四〇〇〇メートルあたりから侵入して来ることが多かった。

高度三〇〇〇から四〇〇〇では、戦闘機の迎撃による被害が大きいため、敢えて高めの高度を選んだのか。

（上がってみりゃ分かる）

都築は自身に言い聞かせ、なおも上昇を続けた。

高度計の針が六〇〇〇を指したところで、水平飛行に移る。

後方を振り返ると、トリポリの市街地や内陸に広がる砂漠が見える。

飛行第五八戦隊はトリポリの北方、地中海の上空で、敵機を待ち受ける。

空中で待機する時間は、さほど長くなかった。

「正面に敵機！」

戦隊長千葉恒介《ちばこうすけ》少佐の声が、レシーバーを通じて伝わった。

「あいつは……！」

敵機の姿を見て、都築は唸るような声を漏らした。

胴体が太く、主翼の幅も広い。エンジンは、左右の主翼に二基ずつ、合計四基。

スマートで軽快そうなＪｕ88や、三発機のＳＭ79とは、大きく異なる形状だ。

飛行第五八戦隊は、トリポリ進出後最初の戦いで、初見参《はっけんざん》の機体と手合わせすることになったのだ。

「隊長機より全機へ。敵機は『鵺《ぬえ》』。繰り返す。敵機は『鵺』。防御火器に厳重注意！」

「鵺」の機名を聞いて、都築は顔を引き締めた。

ソ連の諸都市を繰り返し攻撃している、四発重爆撃機だ。正式名称は不明であるため、陸軍航空隊は妖怪《ようかい》の名を仮称に定めている。

ドイツは、これまで対ソ戦争のみに使用していた機体を、北アフリカ戦線にも投入して来たのだ。

「鵺」の数は約三〇機。一五機前後の梯団二隊を組んでいる。

全般に、ごつごつした形状だ。お世辞《せじ》にもスマートとは言えないが、得体《えたい》の知れない不気味さを感じさせる。

「第一中隊は左、第二中隊は右だ。かかれ！」

千葉が、叩き付けるように命じた。

第一小隊の四機が真っ先に突入し、笠井清志《かさいきよし》中尉の第二小隊が続いた。

「三小隊、続け！」

都築は麾下の三機に下令し、エンジン・スロットルを開いた。

猛々《たけだけ》しい爆音が轟き、機体が加速された。

敵の機影がみるみる拡大し、突起の多い機首や太い胴、左右四基のエンジンが迫った。

照準器の白い環が、敵機を捉えると同時に、都築は発射ボタンにかけた親指に力を込めた。

両翼に発射炎が閃き、二条の火箭がほとばしった。

ホ103一二・七ミリ機関砲だ。海軍の炎風が装備するブローニングの一二・七ミリ機銃と同じだが、陸軍では口径一二・七ミリ以上の火器は「機関砲」と呼称する。

都築機の射弾は、狙い過《あやま》たず敵機の一番エンジンに突き刺さった。

直後、敵機の機首と胴体上面に発射炎が閃き、細い火箭が噴き延びた。

都築は咄嗟に操縦桿を倒し、機体を右に滑らせた。

一二・七ミリ弾のそれよりも小さい曳痕が、地《じ》吹雪《ふぶき》の勢いで殺到して来たときには、都築機はそこにはいない。無数の敵弾は、大気を貫くだけに終わっている。

都築機に続いて、青山光《あおやまひかる》軍曹の二番機、松尾四郎《まつおしろう》伍長の三番機、長峰健作《ながみねけんさく》兵長の四番機が一二・七ミリ弾を叩き込む。

一連射を浴びせるや、指揮官機に倣って機体を右に滑らせ、敵弾を回避する。

一旦敵機の射程外に脱したところで、都築は戦果を確認した。

「しくじったか！」

音を立てて舌打ちした。

四機で攻撃を集中したにも関わらず、敵機は健在だ。炎も、煙も噴き出していない。

都築は、敵編隊の後方で上昇反転をかけ、後ろ上方に占位《せんい》する。

都築は敵との距離を詰めつつ、編隊最後尾の機体に狙いを定めた。

操縦桿を左に倒し、急降下に転じた。視界の中で空や雲が反転し、敵重爆が目の前に来た。

これまでよりも、機体形状がはっきり分かる。

機首は、膨《ふく》れているように見える。コブダイの頭を思わせる形だ。

尾翼は、海軍の九六式陸攻と同じ双尾翼形式だ。水平尾翼の端に、丈高《たけたか》い二枚の垂直尾翼が屹立《きつりつ》している。

都築は敵重爆の後ろ上方から追いすがりつつ、機関砲の発射ボタンを押した。両翼に発射炎が閃き、真っ赤な火箭が長槍《ちょうそう》のように噴き延びた。

一二・七ミリ弾は敵機の後部に集中し、胴体といわず、尾翼といわず突き刺さる。

陽光を反射して光るものが飛び散ったようだが、その直後には、都築機は敵機の下方に離脱している。

青山機、松尾機、長峰機が、連続して銃撃する。

都築が前上方を見上げたとき、敵の重爆が黒煙を引きずりながら、大きく高度を下げる様子が目に入った。

操縦員は機体を立て直し、編隊に追いつこうとしているのだろうが、重爆が上昇に転じることはない。そのまま、地中海の海面に落下して行く。

このときには、他の小隊も敵重爆の撃墜に成功している。

一個小隊で一機にかかり、繰り返し銃撃を浴びせると、敵重爆の主翼や胴体から金属片が飛び散る。

主翼に繰り返し射弾を撃ち込まれた機体は、エンジンや燃料タンクから炎と黒煙を噴出し、急速に高度を下げ始める。

数機を失っても、敵編隊は反転、退却する動きを見せない。目標に投弾するまで、諦《あきら》めるつもりはないようだ。

「小隊長殿、正面から攻撃しましょう！」

青山の声がレシーバーに飛び込んだ。

都築は、即座に部下の意図《いと》を理解した。

正面からの攻撃であれば、機関砲弾の速度に敵機の速力が加わるため、貫徹力が上がる。機首の機銃座に撃たれる危険はあるが、同じ危険を冒すなら、確実に敵機を墜とせる戦法を採るべきだ。

「分かった。三小隊、続け！」

都築は、三人の部下に命じた。

敵の真下をくぐり抜け、前下方へと回り込んだ。

敵機は、今にも陸地の上空に侵入しそうだ。海岸からトリポリの飛行場までは、指呼《しこ》の間《かん》だ。

海の上にいるうちに叩かなければ、飛行場への投弾を許すことになる。

都築は敵編隊の面前で、上昇反転をかけた。

視界の中で、空や海が目まぐるしく回転する。

機体が水平に戻ったときには、第三小隊は敵編隊を前上方から見下ろす位置に占位している。

先頭に位置する機体に、狙いを定めた。照準器の白い環の中に、敵機を捉えた。

操縦桿を前方に押し込むと同時に、エンジン・スロットルをフルに開く。

錘馗の太い機首がお辞儀《じぎ》をするように下がり、機体が一気に加速される。

照準器が捉えた敵機の機影が、急速に拡大する。機体が照準環《しょうじゅんかん》一杯に広がり、遂には外にはみ出す。

都築は、発射ボタンを押した。

両翼から噴き延びた一二・七ミリ機関砲の火箭が、敵機が放った旋回機銃座の火箭と交錯した。

都築機の射弾が、敵機の機首に突き刺さる。風防ガラスの破片とおぼしきものが、きらきらと光りながら飛び散る。

都築は操縦桿を左に倒し、水平旋回をかける。機体が横滑《よこすべ》りし、四発重爆の魁偉《かいい》な姿が右に流れる。

青山機、松尾機、長峰機が続けて射弾を浴びせる。一連射を浴びせるや、直ちに敵機の正面から離脱し、防御砲火にさらされる時間を最小限に留める。

都築は、右上方を見上げた。

第三小隊が正面攻撃をかけた敵機が、機首を大きく下げ、墜落してゆく光景が目に入った。

炎や煙は見えない。第三小隊の射弾は敵機のコクピットを襲い、操縦士と副操縦士を殺傷したようだ。

「もう一丁《いっちょう》行くぞ！」

都築が部下に呼びかけたとき、無線電話機のレシーバーに、切迫《せっぱく》した叫び声が飛び込んだ。

「五八戦隊、至急基地に戻れ！　新たな敵機が低空で接近しつつある。ドイツ機、イタリア機の識別表にない機体だ！」


海面すれすれの低高度からトリポリに接近して来たのは、ドイツ空軍第三九駆逐戦闘航空団《ZG39》の第一、第二飛行隊だった。

イギリスのデ・ハビランド社が開発した全木製の多用途機モスキートを装備する部隊だ。

ドイツでは「ヴュルガー」――小さいながらも、獰猛《どうもう》な捕食性の鳥である百舌《もず》の名を冠している。

ドイツが英本土を占領したとき、接収されたイギリス空軍機の中に、当時開発中だったモスキートがあった。

同機の性能に注目したドイツ空軍は、メッサーシュミットBf110に代わる駆逐機《シュラゲーター》としての採用を決定し、降伏後のイギリス政府を通じて、デ・ハビランド社に開発の継続を命じたのだ。

「我が国を占領したドイツのために、高性能機を提供するのか」

と反発する声もデ・ハビランド社の内外にあったが、同社の経営陣は、

「政府の命令である以上、社に選択の余地はない。会社の維持や従業員の雇用確保の問題もある」

との理由で、モスキートの開発と量産を進めた。

ZG39の装備機はヴュルガーZ。デ・ハビランド社が戦闘爆撃機として開発した機体だ。

最大二〇〇〇ポンド（約〇・九トン）の爆弾を搭載できる他、二〇ミリ機関砲四門を装備し、自衛能

ドイツ空軍 デ・ハビランド「ヴュルガー」

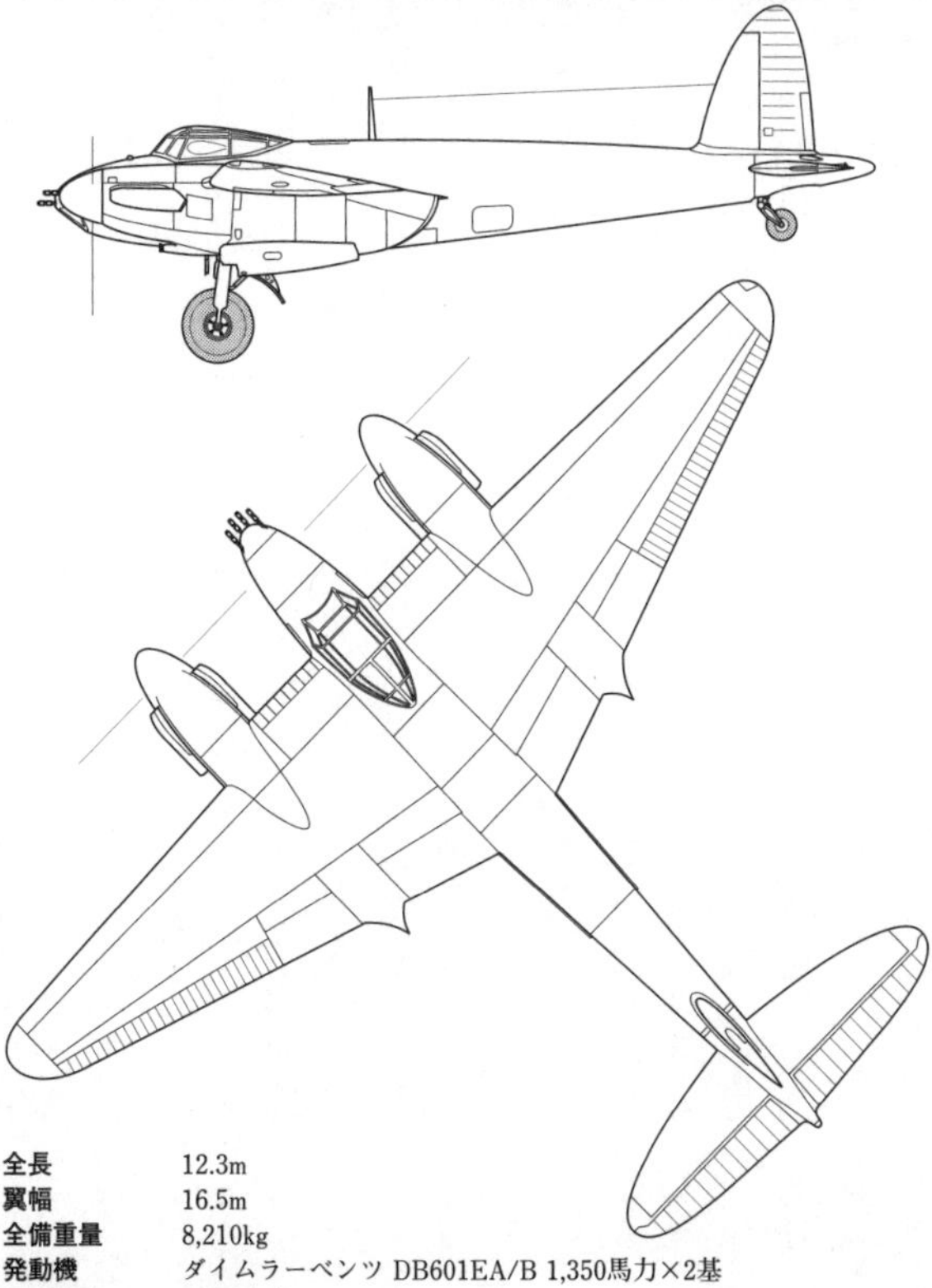

全長	12.3m
翼幅	16.5m
全備重量	8,210kg
発動機	ダイムラーベンツ DB601EA/B 1,350馬力×2基
最大速度	608km/時
兵装	20mm機銃×4丁(機首固定) 爆弾/1,000kg(最大)
乗員数	2名

英国デ・ハビランド社が開発した高速双発爆撃機。機体の構造材および表面に木材を使用しているのが特徴。イギリスの降伏に伴いドイツ空軍に製造設備ごと接収された際、エンジンがマーリン製からBMW製に換装された。エンジンの出力減により最高速度が若干低下したが、それでも双発爆撃機としては図抜けた性能を誇り、運動性能の素晴らしさもあって戦闘爆撃機として活用されている。

力も高い。

この日は、胴体下に五〇〇ポンド爆弾二発ずつを搭載しての出撃だ。

機数は合計四〇機。爆弾の数は八〇発になる。

全弾を叩き付ければ、連合軍が占領したばかりのトリポリ飛行場は、当分使用不能に陥るはずだ。

「『熊《ベーア》』より『鼬《ヴィーゼル》』。猟師《りょうし》がそっちに行ったぞ!」

ZG39の指揮官フランツ・ザンダー少佐の耳に、警報が入った。

高度六〇〇〇メートルで、日本軍の戦闘機隊と戦っている第一〇九爆撃航空団《KG109》の指揮官オスカー・ムント中佐の声だ。

「『ヴィーゼル1』了解」

とのみ、ザンダーは返答した。

「イギリス軍が占領したトリポリを、イギリス製の機体が叩く、か」

ザンダーは小さな笑い声を漏らした。

上空で日本機と戦っている四発重爆撃機は、アブロ・グライフ。

ヴュルガーと同じく、イギリスの航空機メーカー、アブロ社が開発した機体だ。

同社では「ランカスター」という機名を用意していたが、ドイツ空軍での採用に当たり、ドイツ機に相応《ふさわ》しい機名が付けられた。

「グライフ」は、元々ハインケル社が開発していた四発爆撃機に予定されていた機名だが、同機が開発中止となり、アブロ社の機体に流用されたのだ。

全長二一・二メートル、全幅三一・一メートル、全備重量三一・八トンの巨体と、最大六・三五トンの爆弾搭載量は、アメリカが配備した「空《そら》の要塞《ようさい》」ことボーイングB17〝フライング・フォートレス〟と比べても遜色ない。

爆撃機としての実力は、ソ連諸都市に対する戦略爆撃によって実証されている。

そのグライフとヴュルガーが、共にイギリス軍の占領下に落ちたトリポリを叩くために、協同作戦を

ドイツ空軍 アブロ「グライフ」重爆撃機

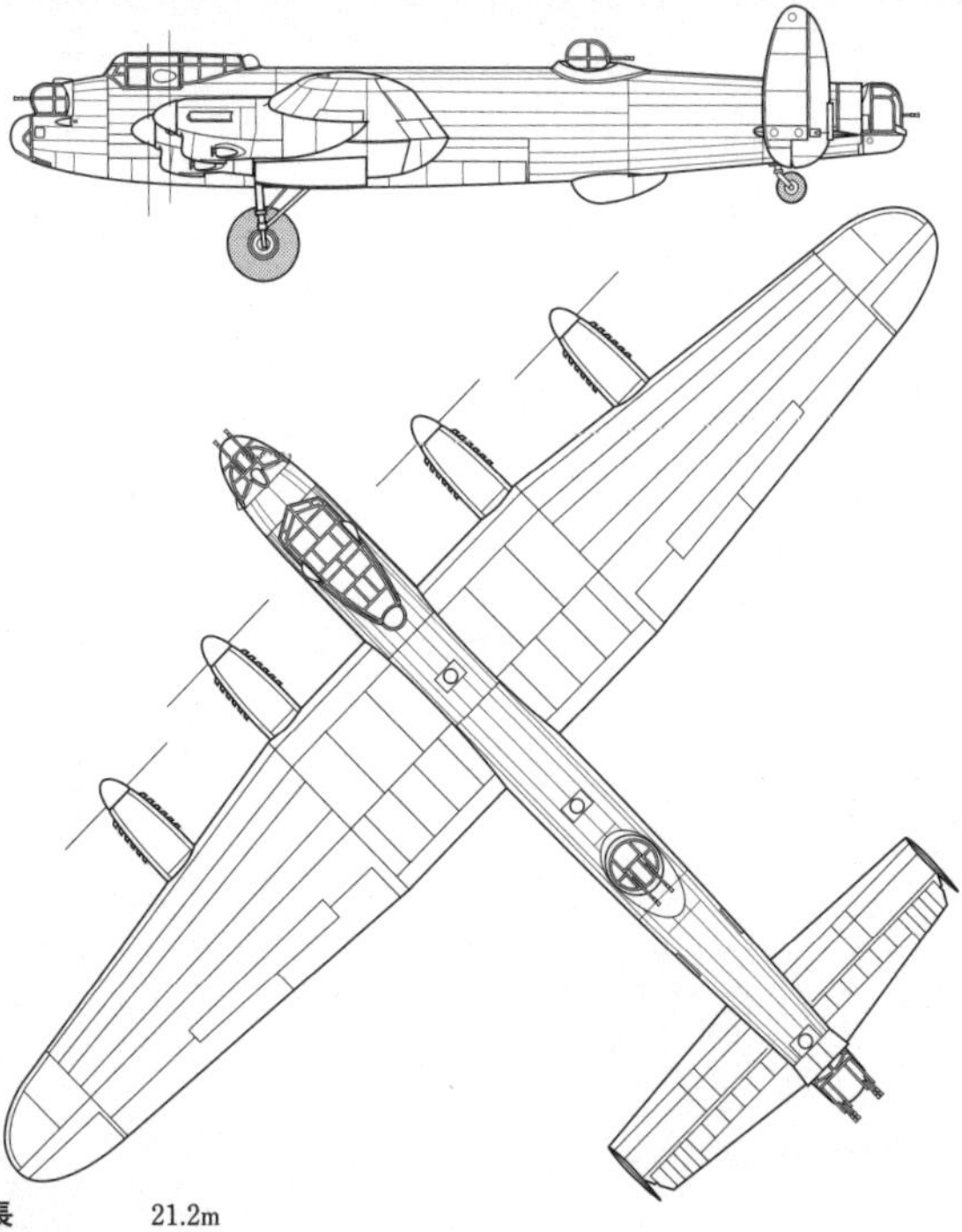

全長	21.2m
翼幅	31.1m
全備重量	31,800kg
発動機	ダイムラーベンツ DB601F 1,350馬力×4基
最大速度	442km/時
兵装	7.92mm機銃×2丁(機首旋回)／7.92mm機銃×2丁(上部旋回) 7.92mm機銃×4丁(後部旋回) 爆弾／6,350kg
乗員数	7名

アブロ社が開発した重爆撃機。双発爆撃機マンチェスターを四発化することで開発期間を短縮し、対独戦に備えたが、初飛行の直後に英国が降伏することとなった。その後、ドイツ空軍に製造設備ごと接収されたが、整備上の理由から、発動機をダイムラーベンツのDB601に換装したほか、機銃をドイツ軍標準の7.92ミリ機銃とした。大型の爆弾倉を備え、防御火力も充実した重爆撃機として、ドイツ空軍爆撃隊の主力となっている。

採っている。

デ・ハビランド社、アブロ社の開発技術者も、工場の労働者も、自分たちが作った機体が、同胞を殺すために使われるとは想像していなかったであろう。

「生産国など問題ではない。主翼と胴に棒十字《バルカン・クロイツ》を描けば、立派《りっぱ》な第三帝国の機体だ」

ザンダーはそう考えつつ、イギリス製の全木製機を操った。

「左一五度、敵飛行場！」

爆撃手席のヘルマン・ノヴァク中尉が報告した。

「『ヴィーゼル1』より全機へ。一六五度に変針」

ザンダーは麾下の三九機に指示を送り、ステアリング・ホイールを回した。

ヴュルガーの機体が左に傾斜し、正面に見えていた海面やトリポリの市街地が右に流れる。

バックミラーは、ザンダーが直率する第一飛行隊、クラウス・シュターマー大尉が率いる第二飛行隊が、追随して来る様子を映している。

ヴュルガーの操縦士には、Ｂｆ１１０からの機種転換組が多い。運動特性は異なるが、全員がイギリス製の木製機を軽々と操っている。

「後続機、敵機の動きはどうか？」

「二〇機前後が急降下して来ます。現在、高度三〇〇〇」

「了解！」

シュターマーの報告を受け、ザンダーは即答した。

敵の飛行場は、もう目の前だ。滑走路や駐機場、付帯設備も見えている。

敵機が低空まで降りる前に、投弾は終わっている。八〇〇発の五〇〇ポンド爆弾を叩き付けられた敵飛行場が、炎と黒煙に包まれる光景は、ザンダーの脳裏で確実な未来になっていたが――。

「正面上方、敵機！」

ノヴァクの緊張した声が、レシーバーに響いた。

咄嗟に顔を上げたザンダーの目に、見慣れない機体が映った。

ユンカースJu87〝スツーカ〟――ドイツ空軍を代表する急降下爆撃機に似ているが、固定脚ではない。逆ガル形の主翼を、細身の胴に取り付けている。

その機体が一〇機余り、独特の甲高《かんだか》い音を発して、ZG39に突っ込んで来た。

ザンダーは左の水平旋回をかけ、敵機の突っ込みをかわしたが、後続機は避退が遅れた。

「一小隊長機被弾！」

「二小隊二番機被弾！」

後続機から、悲痛な声で報告が飛び込む。

敵機は、なおも突っ込んで来る。

うち一機が、両翼に発射炎を閃かせた。青白い曳痕が、奔流《ほんりゅう》のようにザンダー機の右主翼をかすめた。

敵機は自身の射弾を追いかけるように、ザンダー機とすれ違う。

その一瞬、敵機の主翼と胴に描かれた真っ赤な円――日本機の国籍マークが、ザンダーの目を射た。

独立飛行第五五中隊の指揮官津久見文蔵《つくみぶんぞう》大尉は、敵の双発爆撃機二機が海面に激突する様をはっきり見た。

指揮下にある第二小隊の四機が、敵編隊の前上方から突っ込み、射弾を叩き込んだのだ。

第三小隊、第四小隊も、第二小隊にやや遅れて敵編隊の直中に突入し、逆ガル形の主翼から射弾を放っている。

更に、一機が火を噴いて大きくよろめき、一機がコクピットに被弾したのか、火も煙も噴き出すことなく海面に落下する。

四機目が墜落した時点で、敵編隊は大きく乱れ、四分五裂《しぶんごれつ》になっている。

津久見の指揮下にある四個小隊のうち、三個小隊一二機の突入は、敵を混乱に陥《おとしい》れたのだ。

「佐藤《さとう》は俺に続け。串田《くしだ》は二分隊の指揮を執《と》れ！」

津久見は、早口で指示を送った。

第一小隊を、二機ずつに分けたのだ。

津久見は佐藤良一《りょういち》少尉の二番機を従え、三番機の串田栄治《えいじ》曹長は、四番機の望月恵三《もちづきけいぞう》軍曹と組む。

二〇〇〇馬力の離昇出力を持つ空冷星型一八気筒エンジンが高らかな咆哮を上げ、高速で回転する大直径のプロペラが、日本機には例が少ない逆ガル形の翼を持つ機体をぐいぐいと引っ張る。

敵は編隊形を崩されながらも、トリポリの飛行場を目指している。

津久見は、敵の四機編隊に佐藤機を誘導した。

右前下方に敵機を見下ろしつつ、フル・スロットルで突進した。

敵も機首を上向けようとするが、津久見が発射ボタンを押す方が早い。

両翼に発射炎が閃き、青白い曳痕が殺到する。

津久見の射弾は、敵機の機首からコクピットのあたりまでを押し包む。

閃光と共に、敵機の機首が吹っ飛ぶ。前部を操縦者ごと失った機体は、真っ逆さまに墜落し、海面に飛沫を上げる。

機首に装備する機関砲の砲弾が、誘爆を起こしたのかもしれない。敵機は、自らを守るための機関砲弾によって、内側から破壊されたのだ。

津久見機のバックミラーが、後方の火焔を反射する。佐藤少尉が、敵一機に火を噴かせたのだ。

「隼《はやぶさ》では、こうはゆかぬな」

機種転換前に乗っていた戦闘機の名を、津久見は呟いた。

一式戦「隼」一型の火器は、七・七ミリ機銃二丁。同二型の火器は、一二・七ミリ機関砲二門。

戦闘機を相手取るだけならまだしも、防弾装甲の厚い爆撃機を墜とすのは難しい。

一方、現在の乗機である三式戦闘機「熊鷹《くまたか》」の火器は、一二・七ミリ機関砲六門。海軍の炎風と同じであり、隼二型の三倍だ。

逆ガル形の主翼と、後ろ寄りに設けられたコクピ

日本陸軍 三式戦闘機「熊鷹」

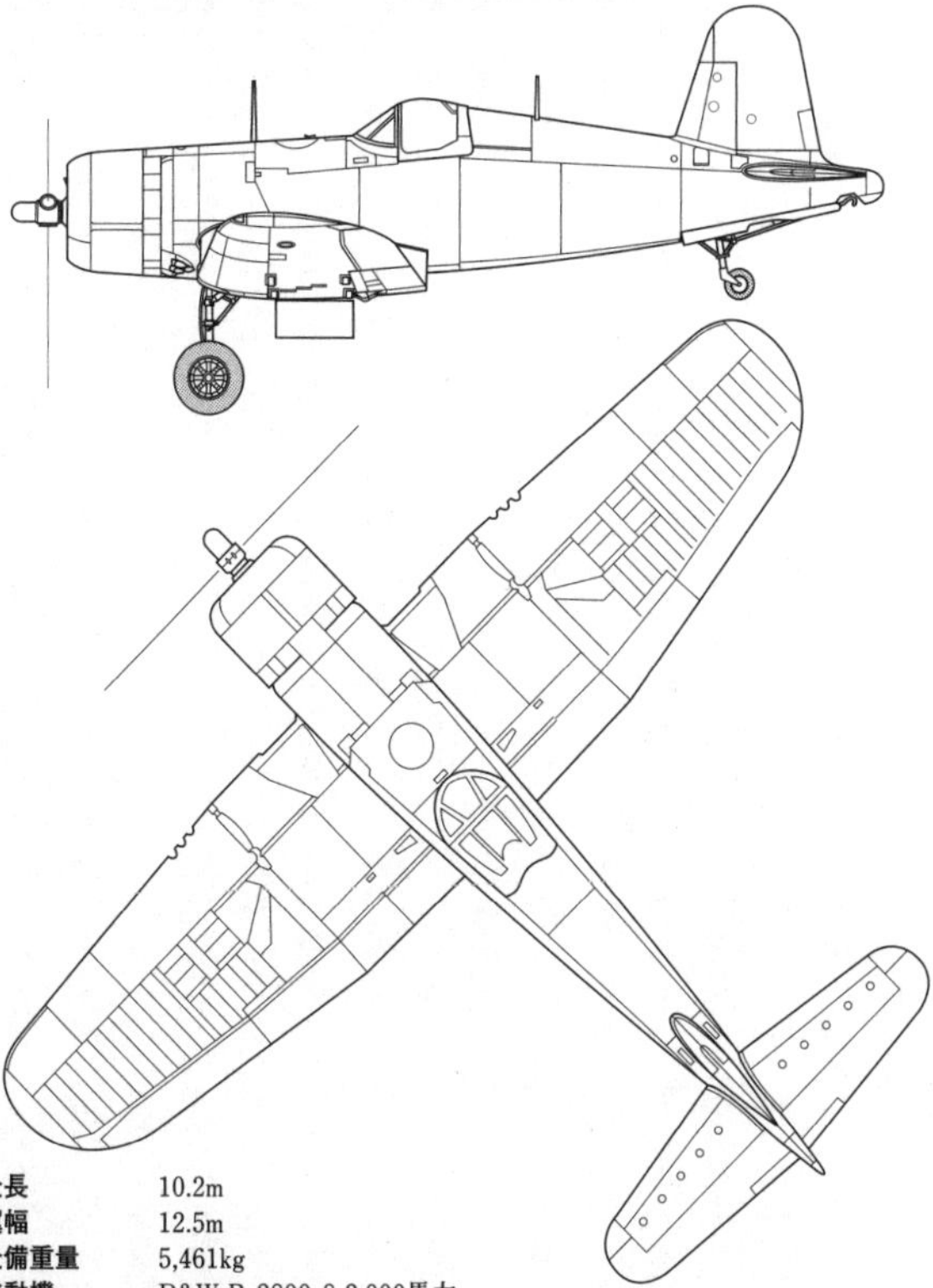

全長	10.2m
翼幅	12.5m
全備重量	5,461kg
発動機	P&W R-2800-8 2,000馬力
最大速度	671km/時
兵装	12.7mm機銃×6丁(翼内) 爆弾/907kg(最大)
乗員数	1名

米国・チャンスヴォート社が開発したF4U-1コルセアの日本陸軍仕様。当初、陸軍はP-47、P-51の導入を希望していたが、米空軍省の方針により対日輸出が不可となったため、本機に決定した経緯がある。2,000馬力級エンジンに見合った大直径のプロペラを持つが、逆ガル翼を採用したことで主脚を短く頑丈に作ることができ、未整地の滑走路でも運用可能である。爆弾搭載量も大きく、軽爆としての役割も期待されている。

ットは、日本陸軍がこれまでに制式化した戦闘機に比べ、異形《いぎょう》と言っていい形状だが、火力と飛行性能は、敵の戦闘機であれ、爆撃機であれ、圧倒できるだけのものを持っている。

元の名はヴォートＦ４Ｕ〝コルセア〟。海軍の炎風同様、米国からの輸入機だ。

艦上戦闘機として開発が進められた機体だが、着艦速度が大きいこと、前方の視界が悪いことから、空母での運用には適さないと判断され、海兵隊の航空部隊に配備されていた。

陸軍航空本部では、米国製戦闘機の導入に当たり、空軍機を導入したいとの意向を示していたが、米国の空軍省は「空軍が所管する機体は、機種を問わず輸出の対象外とする」との方針を定めているため、海軍機からの選択となったのだ。

当初は、海軍と同じＦ６Ｆの採用を検討したが、ヴォート社が熱心な売り込みを行ったこと、速度性能、上昇性能がＦ６Ｆより優ることから、Ｆ４Ｕの採用が決定された。

Ｆ４Ｕが一式戦闘機「隼」や二式単座戦闘機「鍾馗」を凌駕する機体であることは、陸軍航空審査部による試験飛行や模擬空戦によって確認されている。

独立飛行第五五中隊は、帝国陸軍最初の熊鷹装備部隊であり、同機の性能を実戦の場で検証すると共に、戦術研究を行う目的で、最前線のトリポリに送り込まれたのだ。

もっとも今は、中隊の役割以上に差し迫った任務がある。

敵の高速爆撃機を一機でも多く撃墜し、トリポリの飛行場を守ることだ。飛行場を使用不能に陥れられたのでは、新鋭機の実証どころではない。

津久見は佐藤機を従え、敵編隊の後方へと抜けた。左の垂直旋回をかけ、反転した。

敵機の編隊は乱れたままだが、全機がトリポリ飛行場を目指している。

最初の突撃で何機かは墜としたものの、残存機は多い。ざっと見ただけでも、三〇機以上が健在だ。

空中戦の戦場は、海上から陸上に移りつつある。

「行かせぬ！」

一声叫び、津久見はスロットルをフルに開いた。

海軍の炎風が採用しているものと同じ、P＆W《プラット・アンド・ホイットニー》の二〇〇〇馬力エンジンだ。エンジン音は、隼や鍾馗のそれより力強く響く。

機体が加速され、最後尾の敵機に接近する。

ユンカースJu88やメッサーシュミットBf110とは異なり、旋回機銃は持たないようだ。ひたすら目標へと飛び続ける。

照準器の環の中で、機影が拡大した。

発射ボタンを押す寸前、敵機が僅かに左に傾いた。

津久見は心持《こころも》ち左を狙って、機関砲の発射ボタンを押した。

敵機は、ほとばしる一二・七ミリ弾の前に、自ら飛び込む格好になった。

青白い曳痕が主翼や胴体に突き刺さり、おびただしい破片が飛び散る。

敵機の速力が落ち、津久見機との距離が縮まる。

津久見は止《とど》めとばかりに、近距離からの一連射を撃ち込んだ。敵機の左主翼から炎が噴き出し、急速に高度を下げた。

津久見は敵機を追い抜き、新たな敵機に向かう。

並進している二機に追いすがり、一機を照準器の環に捉える。

発射ボタンにかけた指に力を込めようとしたとき、前方の二機が投弾した。

重量物を切り離した反動のためだろう、二機が上昇した。

津久見は、発射ボタンを押した。両翼の前縁が真っ赤に染まり、六条の火箭が噴き延びた。

射弾は、敵機の胴体後部をかすめただけだ。投弾により、重量が軽くなった機体が加速されたのだ。

このときには、地上に次々と爆発光が走っている。

直撃を受けた滑走路に閃光が走り、土砂が爆風に乗って舞い上がる。

燃料補給車が機銃掃射を浴び、車体後部のタンクがおどろおどろしい音を発して爆発する。

司令部棟の正面にも複数の爆弾が落下し、衝撃波を浴びた窓ガラスが、けたたましい音を発して割れ砕ける。

独立飛行第五五中隊の熊鷹は、敵機が投弾を開始しても攻撃を止めない。

整備場に向かっていた敵機の後ろ上方から、熊鷹一機が一連射を浴びせる。

その敵機は投弾することなく整備場を飛び越え、反対側の地面に激突して炎を上げる。

投弾後、滑走路すれすれの低空から避退しようとしていた敵機に、熊鷹二機が真上から押し被さる。

続けざまに一二・七ミリ弾の一連射を浴びた機体は、両翼のエンジンを破壊され、炎と黒煙を引きずりながら、滑走路上に叩き付けられる。

乱戦の中、飛行場の各所に炎が湧き出し、黒煙が空に立ち上ってゆく。

投弾を終えた敵機は、飛行場の南側に離脱した後、右に大きく旋回する。

低高度を維持したまま、離脱を図るつもりだ。

「津久見一番より全機へ。追撃せよ！」

津久見は、中隊全機に下令した。

自身も右の水平旋回をかけ、敵機を追った。

逆ガル形の主翼を持つ、特異な形状の戦闘機が、黒煙を上げる飛行場の真上で機体を大きく傾け、旋回する。

一時的に、コクピットの死角に入った敵機が、再び視界内に入って来る。

「逃がさぬ！」

一声叫び、エンジン・スロットルを開こうとしたとき、目の前を真っ赤な曳痕がよぎった。

投弾を終えた敵機が、味方機の避退を援護すべく、津久見機目がけて射弾を放ったのだ。

津久見は今一度、右の急旋回をかける。

たった今、津久見機に射弾を浴びせた敵機も右の水平旋回をかけるが、単発の熊鷹と双発の敵機では、運動性能が異なる。

津久見機は敵機より小さな半径を描き、内懐《うちぶところ》に潜り込む格好で食い下がる。

頃合《ころあ》いよしと見て、発射ボタンに力を込める。

両翼からほとばしった火箭が、敵機の右主翼に殺到し、曳痕の奔流がエンジンを押し包む。エンジン・カウリングが引き裂かれて吹っ飛び、エンジンが炎に包まれる。

津久見は、その敵機には目もくれず、敵の残存機を追う。

敵機の上方から、急角度で突っ込んで来る多数の機影が見える。

飛行第五八戦隊の鍾馗だ。敵四発重爆と戦っていた機体が急報を受け、低空に舞い降りたのだろう。

鍾馗が次々と両翼に発射炎を閃かせ、一機あたり二条の火箭を放つ。

機関砲の装備数は熊鷹の三分の一だが、一門あたりの破壊力は同じだ。命中すれば、敵機に致命傷を負わせることもできる。

だが——。

「当たらない⁉」

津久見の口から、叫び声が飛び出した。

鍾馗の射弾は、ほとんどが空振りに終わっている。命中弾を受けた敵機もあるようだが、速力はほとんど衰えない。

鍾馗が機首を引き起こし、敵機の追跡にかかる。旋回性能よりも、速度性能と上昇性能に重点を置いて設計された機体だ。すぐに、敵機に追いつくものと期待するが——。

「速い！」

津久見は、驚愕《きょうがく》の叫びを発した。

鍾馗と敵機の距離が縮まらない。それどころか、じりじりと開いている。

敵機は、鍾馗より優速なのだ。

「津久見一番より全機へ。追跡中止」

津久見は、麾下全機に命じた。

敵機は、海面に張り付くような低高度から離脱を図っている。海面や地表すれすれでの戦闘は、事故を起こす危険が大きい。

ここは、深追いを避けるべきだ。

津久見は機体を反転させ、飛行場に機首を向けた。

爆撃を受けた直後だけに、火災は収まっていない。何条もの黒煙が、トリポリの空に立ち上っている。

それでも、飛行第五八戦隊の鍾馗は、順次着陸しているようだ。

飛行場は、滑走路や付帯設備に被害を受けたものの、使用不能になったわけではない。

「指揮所より五五中隊。三番滑走路に着陸せよ」

「五五中隊、三番滑走路に着陸します」

地上からの命令に、津久見は復唱を返した。

立ち上る黒煙を縫《ぬ》うようにして、麾下の熊鷹を三番滑走路に誘導した。

敵の攻撃を免れた滑走路が、視界に入って来た。

3

「『ロットワイラー』より通信。『敵船団発見。輸送船約二〇、中小型艦一〇隻以上。敵針路二五五度。二〇時三一分（現地時間）』」

ドイツ海軍の潜水艦U568の艦橋に、通信士を務めるペーター・キュンメル一等兵曹の報告が上げられた。

「ノイベルクが見つけたか」

U568艦長オットー・シュトラウス大尉は、顔をほころばせた。

「ロットワイラー」は、U568と共に第七九潜水戦隊を編成するⅦC型Uボートの一艦「U617」の呼び出し符丁《ふちょう》だ。

開戦時、シュトラウスの下で先任将校を務めていたフランツ・ノイベルク中尉が大尉に昇進した後、艦長に任ぜられている。

かつての部下が、最初に目標の船団を発見し、戦隊の僚艦《りょうかん》に報告を送って来たのだ。

「『ロットワイラー』に返信。『航空機の有無報《しら》せ』」

シュトラウスはキュンメルに命じた。

過去の戦闘では、輸送船団に航空機が随伴《ずいはん》するのは昼間に限られていたが、戦場が地中海に移ってからは、夜間であっても輸送船団に航空機の護衛が就くことが珍しくなくなった。

ポートサイド、アレキサンドリア、ベンガジといった主要都市に進出した双発機や水上機が、対潜哨戒に当たるようになったのだ。

敵機の中には、潜航中の潜水艦であっても探知が可能な磁気探知機を装備しているものもあり、Uボートにとっては格段《かくだん》に危険度が増した。

航空機の有無は、必須《ひっす》の情報だ。

U568よりU617に「航空機の有無報せ」と、通信が送られる。

およそ二〇分後、

「航空機の爆音を探知。二機乃至三機が随伴せり」

との報告が返される。

「やはりいたか」

シュトラウスは唇を歪《ゆが》めた。

第七九潜水戦隊は、「敵船団発見」の報告を送って来たU617も含め、トリポリの東北東海上に展開している。

敵船団の位置、針路から見て、トリポリへの補給物資を積んでいる可能性が高い。

かつてはイタリア領リビアの行政の中心地であり、エルウィン・ロンメル将軍が北アフリカへの第一歩を記した地が、今や連合軍の前進基地となっている。

「全艦に打電。現海域で、船団を待ち伏せる」

シュトラウスは、キュンメルに指示を送った。

船団が針路を変更する可能性もあるが、U617が後方から追随している。

船団が変針したら、すぐに報告が届くはずだ。

「昼間に、友軍機が発見した船団でしょうか？」

「その可能性が高い」

艦長付水兵エルンスト・シーラッハの問いに、シュトラウスは頷いた。

連合軍は、エジプト、リビアの沖に哨戒機を飛ばし、Uボートの捜索に当たらせているが、枢軸軍もシチリア島やマルタ島の飛行場から偵察機を飛ばして、敵の動静《どうせい》を探っている。

インド洋や紅海で戦っていたときには、Uボートは友軍機の支援を受けられず、独自の判断で日本軍やイギリス軍と戦わねばならなかったが、戦場が地中海に移ってからは、友軍機が貴重な情報をもたらしてくれる。

戦場はドイツ本国や盟邦イタリアに近づいたが、友軍との連携《れんけい》も取りやすくなっている。

この日——九月一四日は、昼間にシチリア島カターニアの飛行場から飛び立ったフォッケウルフFw200が、リビア・ベンガジ沖を航行中の輸送船団を発見し、友軍に報告電を送って来た。

同機の報告によれば、「敵は輸送船二〇、駆逐艦一二」となっている。これは、U617が報告した船団の陣容《じんよう》に近い。

両者は同一のものだろう、とシュトラウスは考えていた。

U617の第二報が入ってから三〇分余りが経過したとき、

「爆音が聞こえます。右前方！」

シーラッハが、緊張した声で叫んだ。

「U617を除く全艦に命令。潜望鏡深度まで潜航！」

「本艦も潜航する！」

シュトラウスはキュンメルに命じ、次いで航海長のヘルムート・マイスナー上級兵曹長に下令した。

見張員が次々と、艦内に戻る。実戦経験豊富な部下たちだ。もたつく者はいない。

シュトラウスが艦内に戻ろうとしたときには、爆音が拡大している。

フル・スロットルで突進して来る様子はない。巡航速度で、付近を通過しようとしているだけだ。

（安心はできぬ）

艦内に戻り、ハッチを閉ざしながら、シュトラウスは腹の底で呟いた。

敵機が磁探の装備機であれば、U568の動きを気取《けど》られた可能性はある。攻撃態勢に入っていないからといって、安心はできないのだ。

海鳥《うみどり》に狙われる魚とは、こんなものかと思う。シュトラウスが発令所に戻ったときには、U568は潜航に移っている。

深度計の針が一五メートルを指したところで、懸《けん》吊《ちょう》状態に入る。

しばし、艦内を静寂《せいじゃく》が支配する。

敵船団との間には、まだ少し距離があるが、護衛艦艇はUボートを警戒し、海中の音に耳を澄《す》ましているはずだ。音を立てるわけにはいかない。

「右一五度に推進機音。音源多数」

二一時五九分、水測士のカール・シュプケ一等兵曹が報告した。

シュトラウスは、すぐには動きを起こさない。

無音状態を保ち、敵の接近を待つ。

偵察機とU617は、船団に一〇隻以上の護衛艦艇が付いていることを報告している。

イギリス軍か日本軍かは不明だが、強敵であることに変わりはない。

イギリス海軍は、開戦時からUボート部隊と熾烈《しれつ》な攻防戦を繰り広げて来た相手だ。

日本海軍は当初、イギリス海軍よりも対潜能力がかなり劣るとの印象があったが、現在は、開戦時とは比較にならないほど力を付けている。

ここは、慎重に構えなければならない。

「音源、接近します。距離四〇〇〇……三五〇〇……三〇〇〇」

シュプケが報告する。

「敵の艦種は分かるか?」

「前方に駆逐艦が展開しているようです」

「傘型《かさがた》だな」

シュプケの答から、シュトラウスは敵の陣形を推測した。

日本軍の、対潜警戒用の航行序列《じょれつ》だ。

対潜艦艇を二群に分け、一群に傘型の隊形を取らせて前方に展開させる。

残る一群で、船団を環状に囲み、左右や後方からの襲撃に備えるのだ。

敵潜を積極的に発見・掃討《そうとう》することを目指した、攻撃的な陣形と言える。

「敵は、どのあたりを通過しそうだ? 本艦の右か? 左か?」

「敵がこのまま直進した場合、本艦の真上を通過する可能性大です」

重ねての問いに、シュプケは落ち着いた声で返答した。

「微速前進。右一八〇度回頭」

シュトラウスは、マイスナー航海長に命じた。

船団と、同じ針路を取る形だ。

「船団の後方から攻撃するのですか?」

先任将校のルードヴィク・ケラー中尉が、意外そうな声で聞いた。

後方からの雷撃は、悪手《あくしゅ》とされている。

対向面積が最小になることに加え、魚雷と目標の相対速度も小さくなり、命中率は最低となるためだ。

命中すれば、舵《かじ》や推進軸を破壊し、目標を操舵不能ないし航行不能に陥らせることが可能だが――。

「敵の動きを利用する」

と、シュトラウスは答えた。

船団がU568の真上に来たところで、追尾を開始するのだ。

船団の真下に潜り込めれば、U568の推進機音は輸送船の音に紛れ、聴音機による探知はほぼ不可能になる。

そこを狙って、雷撃を敢行するのだ。

「艦長は、堅実《けんじつ》な戦い方を旨とされる方だとうかがっていましたが」

ケラーは首を傾げた。

ノイベルクの後任として、ケラーがシュトラウスの部下になってから日が浅い。新しい上官のやり方には慣れていないのだ。

「森の中に隠された木の枝になるのさ」

シュトラウスはケラーの肩を軽く叩いた。

「微速前進。右一八〇度回頭」

マイスナーが復唱を返し、U568は潜航したまま、ゆっくりと艦首を右に振る。

これまで七五度、すなわち東北東を向いていた艦首が、西南西を向く。

敵船団に艦尾を向けたまま、U568は水面下で待機する。

第七九潜水戦隊の僚艦も、付近の海中で待機しているはずだが、彼らの動きまでは伝わって来ない。

だが、シュトラウスの戦友たちは、いずれ劣らぬベテラン揃いだ。独自の判断で、最適な射点に艦を占位させているはずだ。

「音源、後方より接近。現在、距離一八〇〇」

シュプケが報告する。

スクリュー・プロペラが海水を攪拌《かくはん》する音が、発令所にも伝わり始める。

複数の駆逐艦が、船団の前方を固めているのだ。

(敵駆逐艦は何だ？　神風《カミカゼ》型か？　睦月《ムツキ》型か？　それとも……)

シュトラウスは、潜水艦隊司令部から教えられた敵駆逐艦の型名を反芻《はんすう》した。

カミカゼ型、ムツキ型はいずれも旧式艦に属するが、最新の対潜機材を装備することで、対潜戦闘に特化した強力な艦に生まれ変わっている。

水雷戦隊の主力となっている吹雪《フブキ》型、陽炎《カゲロウ》型といった艦よりも、カミカゼ型やムツキ型の方が、Uボートにとっては強敵なのだ。

最近は、松《マツ》型という新型駆逐艦も登場している。戦時急造の小型艦だが、対潜能力はカミカゼ型、ムツキ型以上との情報がある。

型名のマツは、ドイツ語の松《キーファー》を意味しており、竹《バンブス》、樫《アイヒェ》、梅《プフラオメ》など、樹木の名で艦名を統一しているという。

そのマツ型が、船団の護衛を務めているとすれば……。

「敵艦、探信音発信！」

「潜りますか？」

シュプケが新たな報告を上げ、マイスナーがシュトラウスに聞いた。

「このままだ。今動けば、注水音を聞かれる恐れがある」

シュトラウスは即答した。

敵艦の推進機音が、艦の後方から迫って来る。

音を聞いている限りでは、動きに変化はないが、相手はU５６８の頭上を通過しようとしているのだ。

敵駆逐艦の艦長は、何食《なにく》わぬ顔をして、爆雷の投下を命じている可能性もある。

（艦長として、これでいいのか？）

との疑問が、ちらと脳裏をかすめるが、踏み切ってしまった以上後戻りはできない。

敵艦の推進機音が、更に迫る。

海水を攪拌する音が、頭上を通過する。

（来るか？　どうだ？）

シュトラウスは、息を呑んで時間の経過を待った。

「海面に着水音！」の報告が、今にも上げられるのではないか――そんな予感を覚えたが、

「推進機音、遠ざかります。新たな推進機音、後方から接近。距離二〇〇〇」

シュプケの報告を受け、シュトラウスは大きく息をついた。

U５６８は、敵の前衛をやり過ごした。

敵駆逐艦は、自分たちの真下、それも深さ一五メートルの浅海面に潜むUボートに気づくことなく、

真上を通過したのだ。

「二度目ですな、敵の真下に潜り込むのは」

マイスナーが言った。

セイロン島トリンコマリーの沖で、僚艦と共に日本海軍の正規空母「赤城《アカギ》」「加賀《カガ》」を仕留めたときも、敵の真下に潜り込むという大胆な戦術を採ったことが戦果に繋がったのだ。

危険を冒しながらも、大物を仕留めて生還し、総統や海軍上層部からの賞賛を得たのは、艦長のおかげです——マイスナーの目には、そんな言葉が込められているように感じられた。

「今度の方が危険は大きい。慎重に振る舞わねば」

自身に言い聞かせるように、シュトラウスは応えた。

ほどなく、新たな推進機音が聞こえ始めた。

音量は、先に通過した前衛のそれより大きい。こちらが、輸送船団であろう。

「魚雷発射準備。目標、後方から接近する敵輸送船」

シュトラウスは、全艦に下令した。

輸送船が頭上を通過した直後に潜望鏡を上げ、雷撃を敢行する。

その後は、すぐに安全潜航深度ぎりぎりまで潜る。潜望鏡を海面に出す時間を、最小限に留めるのだ。

艦内の空気が一変《いっぺん》し、乗員たちが動き出す。

発射管制盤の前にはケラーが座る。

先任将校としての勤務は、今回が初めてだという。が、以前に乗っていた艦は、艦長が実地教育に熱心な人物で、次席将校だったケラーにも魚雷の発射管制を担当させたという。

そのためか、動作に不安げなところはなかった。

後方から、輸送船が接近して来る。

「距離一五〇〇……一〇〇〇……」

シュプケが、報告を送って来る。

先頭の艦が頭上を通過したとき、

「敵前衛艦の推進機音、乱れます！」

シュプケが報告した。

「発見された……？」

「本艦じゃない」

顔を上げたケラーに、シュトラウスは答えた。

潜望鏡深度で待機していた第七九潜水戦隊の僚艦が、敵駆逐艦に発見されたのだ。

頭上でも、慌ただしい動きが始まっている。

Uボートが発見されたため、輸送船団が回避行動に移ったと思われた。

「潜望鏡上げ」

を、シュトラウスは下令した。

「この状況で、雷撃するのですか？」

「この状況だからこそ、だ」

シュトラウスは断定口調で言った。

敵輸送船は回避行動に移ったばかりであり、U568から離れていない。

輸送船も、護衛艦艇も、発見したUボートに気を取られており、船団の真下には注意を向けていない。

味方を囮《おとり》にする形になるが、U568を含めた他のUボートには、雷撃の好機が訪れたのだ。

モーター音と共に、潜望鏡がせり上がった。

シュトラウスは、U568の艦長就任以来、何度も繰り返し使用したアイピースに両目を押し当てた。

途端《とたん》に目の前に飛沫がかかり、シュトラウスは反射的に仰《の》け反《ぞ》った。

潜望鏡は、回避運動に入った輸送船の至近に上がったのだ。

視界が開かれ、複数の輸送船が見え始めたところで、シュトラウスは潜望鏡を降ろした。

「雷撃目標、左前方の敵輸送船。駛走《しそう》深度五。発射雷数四。開口角二度。雷速三〇ノット」

「雷撃目標、左前方の敵輸送船。駛走《しそう》深度五。発射雷数四。開口角二度。雷速三〇ノット。宜候」

指示を送ったシュトラウスに、ケラーは復唱を返した。

「目標、本艦の左三〇度、距離六五〇、針路三四五度、速力八ノット」

シュトラウスは続いて、目標の位置、針路、速度を伝える。

「目標、一分三二秒後に本艦正面を通過。発射まで三六秒」

ケラーが、艦首の発射管室に指示を送る。

発射を待つ間に、遠方から炸裂音が伝わって来た。

一度だけではない。二度、三度と連続する。

「炸裂音、右四五度、並びに左六〇度」

シュプケが報告する。

敵に発見されたUボートは、一隻だけではない。二隻が発見され、熾烈な爆雷攻撃を受けているのだ。

「戦友の艦が……」

シュトラウスは、呻《うめ》き声を漏らした。

爆雷攻撃は、シュトラウス以下のU568乗員も経験している。

前後左右上下と、あらゆる方向から爆圧が襲いかかり、艦を打ちのめすのだ。

艦は、大嵐に遭遇した小舟もかくやと思わされるほど、激しく揺さぶられる。巨人の手が艦をひっつかみ、振り回しているに等しい。

乗員は、今にも内殻《ないかく》が破られるのでは、という恐怖と戦いながら、耐える以外にない。

その地獄が、戦友たちのUボートを襲っている。

援護したくとも、今はどうにもならない。

シュトラウスにできるのは、狙い定めた目標に魚雷を発射することだけだ。

「発射管、一番から四番まで準備よし」

爆発の合間を縫うようにして、発射管室から報告が届く。

「発射管注水。発射管前扉開け」

シュトラウスは、努めて落ち着いた声で下令する。

戦友を直接救う術《すべ》はないが、敵輸送船の撃沈に成功すれば、敵の注意がこちらに向くかもしれない。

それまで、僚艦が持ち堪《こた》えるよう祈るしかない。

「発射管よし。前扉よし。時間です！」

「一番、二番発射。続けて三番、四番発射！」

ケラーの報告を受け、シュトラウスは下令した。

発射レバーが引かれ、U568は身を震わせる。過去に何度も経験した、魚雷発射の瞬間だ。

「前進しつつ潜航する。深さ一〇〇」

シュトラウスは新たな命令を発した。

発射後は、できる限り早く移動する必要がある。

インド洋で「アカギ」「カガ」を撃沈したときには、敵駆逐艦に魚雷の射点を突き止められ、激しい爆雷攻撃を受けたのだ。

あのときの駆逐艦長と同様の手錬《てだ》れがいることを、シュトラウスは警戒していた。

「前進しつつ潜航します。深さ一〇〇」

マイスナーが命令を復唱し、U568が艦首を傾ける。推進機が動き始め、艦は前進しつつ、一〇〇メートルの深みへと潜り始める。

輸送船団が避退行動を取っている現在、U568の推進機音を敵に聞きつけられる危険は小さい。

いつの間にか炸裂音が止んでいることに、シュトラウスは気づいた。

「艦長、艦体破壊音を確認。右四五度、及び左六〇度です」

「やられたか……」

シュプケの報告を受け、シュトラウスはしばし瞑目《めいもく》した。

戦友の艦が沈められたのだ。それも一度に二隻。

過去の戦いでも、戦隊の僚艦が還らなかったことはある。命のやり取りをしている以上、止《や》むを得《え》ないことだとも分かっている。

それでも、無念の思いを抱かずにはいられなかった。

魚雷発射後、五〇秒ほどが経過したとき、頭上から炸裂音が伝わった。

まず一発。数秒後にもう一発。

「よし……!」

シュトラウスはケラーやマイスナーと顔を見合わせ、頷き合った。

命中魚雷は二本だ。

一隻の輸送船に二本が命中したのか、二隻に一本ずつが命中したのかは分からないが、願わくば後者であって欲しい。

「海面の推進機音、乱れています」

「そうだろうな」

シュプケの報告を受け、シュトラウスは小さく笑った。

敵の護衛は、船団の周囲を警戒し、Uボートを近寄らせまいとしていたが、いつの間にか船団の直中に入り込まれていたのだ。

輸送船のみならず、護衛艦艇も、相当な混乱を来《きた》していることは間違いない。

「停止。無音潜航」

「深さ一〇〇」が報告されたところで、シュトラウスは命じた。

U568が動きを止めた。

第七九潜水戦隊は、二隻を失ったものの、U568が雷撃を成功させた。

現海域には、敵船団を追尾していたU617を含め、五隻のUボートが健在だ。

彼らが敵の混乱を衝いて、戦果を拡大することを、シュトラウスは願っていた。

4

「休戦の条件を話し合うのに、相応しい場所ではありませんな」

大英帝国の在スイス公使館付陸軍武官ジェームズ・ブライアント中佐は、部屋の中を見回して言った。

アルプスの名峰《めいほう》マッターホルンの麓《ふもと》にある村ツェルマットの登山者用ホテルだ。宿泊費が安い代わりに、自炊《じすい》の設備が付いている。

平時であれば、マッターホルンの他、ブライトホルン、モンテローザ等の山々を目指す登山家や観光客で賑《にぎ》わっているはずだが、戦時の今は閑散《かんさん》としている。

その一室で、ブライアントは、イタリア陸軍のフェデリコ・モレッティ中佐と向かい合っている。

参謀本部に勤務するジュゼッペ・カステッラーノ准将の腹心《ふくしん》として、イタリア本国と中立国スイスの間を往復し、連合国や中立国の外交官、公使館付武官と繰り返し接触している人物だ。

連合国との単独講和の可否、及びその条件について探るのが、モレッティの任務だった。

「ジュネーヴなどでは、このような話はできませんよ。我が国政府の監視などは怖くありませんが、ドイツによる監視は軽視できるものではありません。かの国は、我が国の裏切りを警戒していますから」

苦笑しながら、モレッティは返答した。

話す英語には、イタリア人に特有の訛《なま》りが若干あるものの、聞き取り難いというほどではない。アレキサンドリアで勤務した経験があり、イギリス軍捕《ほ》虜《りょ》の尋問《じんもん》を担当していたという。

「あの街は、スパイの万国博会場のようになっていますからな」

ブライアントは深々と頷いた。

ジュネーヴでは、イギリス、フランス、日本や中立国アメリカの諜報員《ちょうほういん》が活動を行っているが、最も多いのは、何と言ってもドイツの諜報員だ。ヴィルヘルム・カナリス提督の国防軍情報部は言うに及ばず、親衛隊諜報部《SD》や国家秘密警察《ゲシュタポ》の者までが入り込んでいる。

そのような街で、イタリア軍の将校がドイツ側に目的を気取られずに動くのは至難であろう。

だがツェルマットは、観光を主産業とする村であり、ドイツの目も届き難い。

加えて、登山者のための安宿は、軍の参謀本部に勤務する高官や、公使館付武官の宿泊場所として相応しいとは言えない。

会見にこの場所を選んだのは、モレッティの見識《けんしき》と言えよう。

「リビアの陥落により、貴国の国内には動揺が広がっているとのことですが」

ブライアントは本題に入った。

ドイツ、イタリアの国内事情については、公使館付武官との接触の他、公開情報の分析によって、ある程度把握している。

ドイツでは、独裁者アドルフ・ヒトラーのカリスマが今なお力を発揮しており、国民の大多数が政権を支持しているが、イタリアでは事情が異なる。

枢軸軍がエジプトを制圧し、地中海を事実上イタリアの内海としたときには、統領《ドゥーチェ》ベニト・ムッソリーニに対する支持率は頂点に達したが、連合軍がスエズ運河の隘路《あいろ》を突破し、地中海が戦場になったあたりから、雲行《くもゆ》きが怪《あや》しくなり始めた。

ポートサイド、アレキサンドリアの失陥、カイロ守備隊の降伏、ベンガジ、トリポリの陥落と、悲報が届く度《たび》に、ムッソリーニの支持率は目に見えて下がっているという。

当のムッソリーニは、

「地中海は我らの海《マーレ・ノストラム》だ。リビアもエジプトも、必ず取り戻す。私は、偉大なるローマ帝国の栄光を復活させると、全国民に約束する」

と獅子吼《ししく》しているが、国民がそれをどこまで信用しているかは分からなかった。

ブライアントは言葉を続けた。

「参戦が、貴国に何かをもたらしたとは思えません。大勢のイタリアの若者が、エジプトやリビアの砂漠で死亡しただけではありません。ドイツの求めに応じ、ソ連に出兵した結果、白ロシアやウクライナの平原にも、大勢のイタリア兵が屍《しかばね》をさらしたと聞いています。国民は戦争に倦《う》み疲れ、政権に対する怨嗟《えんさ》の声も上がっているのではありませんか？」

「我々はムッソリーニに、夢を見させられていたのです、ブライアント中佐。今、イタリア人の多くが、その夢から醒《さ》めつつあります」

重苦しい口調で言ったモレッティに、ブライアントは厳しい言葉を突きつけた。

「ムッソリーニを国家の指導者に選んだのは、あなた方自身です。ムッソリーニ一人に責任を押しつけて、それでよしとできるものではありますまい」

「我が国に対する戦争責任の追及よりも、実利《じつり》面での話をしませんか？　その方が建設的です」

モレッティの表情が変化した。

それまでは、どこか弱々しいものを感じさせたが、一転して強気を見せ始めている。羊《ひつじ》の皮を被っていた狼《おおかみ》が、本性《ほんしょう》を現したように見えた。

「あなた方連合国は、地中海を西に向かおうとしている。最終目的は、ジブラルタル海峡《かいきょう》を突破して、イギリス本土に到達し、同地を奪回することでしょう。そのためには、我がイタリアの国土が大きな障壁《しょうへき》となっている」

ブライアントは、むっつりと頷いた。

イタリア半島が、地中海を東西に二分する形になっているのは、紛れもない事実だ。

地中海の西側に進むためには、この巨大な壁を突破しなければならない。

「我が国への上陸も考えておられるのかもしれませんが、それは賢明《けんめい》な選択とは言えません。我が国を屈服させるまで戦うとなれば、多大な犠牲を必要としますし、時間もかかります。そのような手間をかけることなく、地中海の西側に進撃できれば、貴国は本土を早期に回復できるのではありませんか？」

「貴国を素通《すどお》りしろとおっしゃるのですか？　連合軍を、黙って通してくれると？」

「条件次第ですが」

モレッティは、一通の書類をブライアントに手渡した。

連合国に対する、イタリアの講和条件が記されている。

イタリアに対し、一切の戦争責任を問わぬこと、戦時賠償《ばいしょう》の請求を互いに行わないこと、ムッソリーニを始めとする戦争責任者についてはイタリアの新政権が追及し、イタリアの国内法に基づいて処罰すること等が記されている。

「これらが講和の条件だと？」

「左様。受諾《じゅだく》していただけるのであれば、地中海の安全な通行をお約束します。新政権の成立後になりますが、イタリア軍は連合軍に対し、一切の手出しをしません」

「中立国となることが、貴国の希望ですか？」

「反ムッソリーニ派は、それを目指しております。国王陛下も、和平を望んでおいでです。ドイツの独裁者が始めた戦争のため、これ以上イタリア国民を犠牲にしたくはない、と」

「仮にあなた方がムッソリーニ政権を打倒し、新政権を打ち立てたとしても、ドイツが中立化を許すでしょうか？　ドイツから見れば、貴国は我々連合軍の西進を阻《はば》むために不可欠の存在です。貴国の中立化を許すことはないでしょうし、最悪の場合には、貴国とドイツが戦争状態に入る可能性も考えられますが」

「そのことは、我々の計画に織り込み済みです」

自信ありげな口調で、モレッティは言った。

それ以上のことは口にしない。手の内を明かすつもりはないようだった。

「貴国は、と言うより貴国の反ムッソリーニ派は、連合国への加入を希望しておられるのですか？　我が国や日本と盟約を結び、ドイツと戦いたいと？」

「ドイツが武力行使に踏み切れば、我が国も戦わざるを得ません。ドイツは我が国と連合国、共通の敵となります。手を携《たずさ》えて戦うのが得策と考えますが」

「昨日までの友邦《ゆうほう》を、敵に回せるのですか？」

「私は、というより私たちは、ドイツを友邦だとは考えておりません。ドイツと、というよりヒトラーと友誼《ゆうぎ》を結んでいるのは、ムッソリーニ個人です。ムッソリーニが排除されれば、友誼も消滅します」

(独裁国家同士の同盟とは、それだけのものか)

ドイツとイタリアの絆が、思っていたよりも遥かに弱いものであったことに、ブライアントは気づいている。

所詮《しょせん》は、ヒトラーとムッソリーニの個人的な関係で結ばれたものに過ぎなかったのだ。

「率直に申し上げて、あなた方の要求は虫《むし》が良過《よす》ぎる。講和条件といい、連合国への加入の申し入れといい、貴国にとって都合のいい展開ばかりだ」

ブライアントはかぶりを振った。

「我々が行動しているのは、あくまでイタリアのためです。ムッソリーニ政権を打倒した後、イタリアをより良い未来に導くことが、我々の目的です」

「自国の国益が第一、ですか」

「それは、貴国も同じでしょう。自国の国益よりも他国の国益を優先するお人好しの国家が存在するとは思えません。貴国の盟邦である日本は、他国への貢献《こうけん》のために軍を動かしているように見えますが、彼らもまた、日本の国益のために動いているのだと、我々は考えております」

「正直ですな、あなた方は。妙な思想やら、大義名分やらを振り回したりせず、『自国の国益のため』とはっきり言い切っている」

「その方が、かえって貴国や日本に信用して貰えると思いましてね。国益にプラスとなる限り、我が国は忠実な盟友となります。連合国を裏切るなどということはありません」

(勝者の側にいたい、ということだろうな)

ブライアントは、モレッティの言葉から、反ムッソリーニ派の思惑《おもわく》を推測している。

彼らは、この戦争は連合国側が勝つと睨み、同盟相手を乗り換えようと考えているのだ。

したたかであり、忌々《いまいま》しい限りだが、反ムッソリーニ派の申し出を一蹴するわけにもいかない。

連合国としても、一国でも多くの味方が欲しい。戦略上、重要な位置を占める国とあっては、なおのこと味方に付けたい。

癪《しゃく》に障《さわ》る相手であっても、味方に付ける算段をしなければならないだろう。

「私には、この場であなた方の申し入れを受諾する権限はありません。ただし、東京《トーキョー》の大英帝国正統政府、及び盟邦日本にあなた方の要望を伝えることはできます」

「貴国の亡命政府も、日本政府も、ノーとは言わないでしょう。少し考えれば、我々の申し入れを容れるのが得策だと理解できるはずです」

自信ありげな口調で、モレッティは言った。

ブライアントは、警告する口調で応えた。

「連合国が本件を容れるには、あなた方がムッソリーニ政権を打倒し、新政府を樹立することが大前提です。そのことを、お忘れなきよう願いたい」

第四章　シチリア強襲

1

一時間ほどの飛行の後に、その島は視界に入って来た。

海岸線は、「へ」の字のように見える。

湾の最奥部に、緑と茶色に彩《いろど》られた平地が見えるが、内陸には山がちな地形が広がっている。

事前情報によれば、総面積は九州《きゅうしゅう》と四国《しこく》の中間程度ということだ。

イタリア領シチリア島。

地中海における最も重要な拠点の一つが、攻撃隊の前方に横たわっていた。

「ここまで来たか」

空母「大龍」の艦上爆撃機隊隊長小川正一《おがわしょういち》少佐は、口中《こうちゅう》で呟いた。

小川にとって、初めての「実戦」は、艦爆に搭乗してのものではない。

以前の乗艦だった空母「加賀《かが》」が、セイロン島トリンコマリーの沖でUボートに撃沈され、同艦の乗員と共に退艦して、駆逐艦に救助されるまでの数時間を泳いだことだ。

内地に戻ってからは、「大龍」の艦爆隊に配属され、昨年一〇月のジブチ攻撃で、ようやく艦爆搭乗員として戦うことができた。

以後はエジプト、リビアと転戦し、この日――昭和一八年一〇月二七日は、シチリア島を攻撃しようとしている。

開戦後に枢軸軍が占領した地や、海外植民地だった場所ではない。開戦前からのイタリア領に迫ったのだ。

攻撃隊は、高度を四五〇〇から五〇〇〇に取り、シチリア島に接近している。

編成は、艦上戦闘機一〇二機、艦上爆撃機一〇八機だ。艦戦は、トブルク攻撃で初陣《ういじん》を飾った三式艦戦「炎風」と零式艦上戦闘機の混成となっている。

事前情報によれば、シチリアにある飛行場は、東岸のカターニアと北西岸のパレルモだ。

カターニアの方が規模が大きく、戦闘機と爆撃機を合わせて三〇〇機以上が集中しているという。

作戦計画では、カターニア、パレルモの順で叩くことになっていた。

（一次の連中は、どこまで叩いてくれたか）

小川は、一時間前に実施された第一次攻撃に思いを馳せた。

カターニアに対する第一次攻撃は、艦戦隊のみで実施されている。最初の攻撃で敵戦闘機を掃討し、第二次以降の攻撃で戦爆連合を送り込むのだ。

トブルク攻撃でこの戦術を初めて用いたときには、艦爆、艦攻の被害軽減に効果があったと認められている。

第一次攻撃隊が多数の敵戦闘機を墜としたと信じたいところだが、シチリアはイタリア本土を守るための外堀《そとぼり》だ。トブルクよりも、多数の戦闘機が配備されていることは間違いない。

大規模な迎撃を覚悟しなければなるまい――小川はそう考え、周囲の見張りを怠《おこた》らなかった。

「江草《えぐさ》一番より全機へ。左前方、敵飛行場。突撃隊形作れ」

無線電話機のレシーバーに、攻撃隊総指揮官を務める江草隆繁《たかしげ》少佐の声が入った。

江草が直率する「蒼龍《そうりゅう》」艦爆隊が、真っ先に編隊の組み直しに入り、「蒼龍」と同じ第二航空戦隊に所属する「飛龍《ひりゅう》」艦爆隊が続く。

「小川一番より『大龍』隊。突撃隊形作れ」

小川も、麾下の艦爆隊に下令した。

一八機の艦爆が、九機ずつ二隊に分かれ、斜《なな》め単《たん》横陣《おうじん》を形成する。

第四航空戦隊の姉妹艦「神龍」の艦爆隊も、第一航空戦隊の「翔鶴」「瑞鶴《ずいかく》」の艦爆隊も、急降下爆撃に向けて、陣形を組み上げてゆく。

「兼子《かねこ》一番より全機へ。左前方、敵機！」

各隊が突撃隊形を組み上げた直後、「翔鶴」艦戦隊隊長兼子正《ただし》少佐の声が、レシーバーに響いた。

同時に、艦戦隊が動きを起こした。

炎風と零戦合計一〇二機のうち、およそ三分の二が隊列から離れ、残る三分の一は艦爆隊と付かず離れずの位置を保つ。

左前方に、多数の敵機が見える。攻撃隊の進入高度を見誤《みあやま》ったのか、高度は五〇〇メートルほど低い。

「大龍」「神龍」の炎風が真っ先に突進し、一航戦の炎風が続く。

トブルク攻撃時には、炎風は「大龍」「神龍」に試験的に配備されただけだったが、現在は一、四航戦の艦戦隊が、炎風に切り替わっている。

降下する炎風と、上昇する敵機が、高度四〇〇〇メートル前後の空域ですれ違った。

小川の目に入っただけでも、一〇機前後の機体が炎と煙を噴き出し、墜落し始めた。

炎風の迎撃を突破した敵戦闘機が、なおも上昇を続ける。

今度は、二航戦の「蒼龍」「飛龍」から出撃した零戦が、敵機の前上方から挑みかかる。両翼から放たれた真っ赤な火箭が、各々《おのおの》の目標へと殺到する。

敵三機が被弾する様が見えたが、残りは臆《おく》することなく上昇して来る。

艦爆隊の側に展開していた炎風、零戦が次々と降下に移り、正面から敵機に立ち向かうが、全機の阻止には至らない。炎風、零戦の楯《たて》を突き破った敵機は、艦爆隊目がけて上昇して来る。

「大龍」隊には、六機が向かって来た。

（メッサーじゃないな）

機首の形状から、小川は敵の機種を見抜いた。

メッサーシュミットＢｆ１０９は液冷エンジンの装備機であり、猟犬《りょうけん》の鼻のような尖った機首を持つが、この機体の機首は丸っこい。全体の形状は、零戦に似ている。

空冷エンジンの戦闘機フォッケウルフFw190Aだ。

基地航空隊や陸軍航空隊は、度々《たびたび》手合わせしていると聞くが、機動部隊の艦上機隊とは初対決になる。

そのFw190Aが前下方から、槍《やり》を突き上げるように突っ込んで来た。

形状は似ていても、零戦とは動きが異なる。最高速度も上昇性能も、この機体が上だ。

小川は咄嗟に、操縦桿を左右に倒した。機体が左、右と振られ、右の翼端付近を、敵弾が通過した。

「水沢《みずさわ》機被弾！」

偵察員席から、被害報告が届く。

「加賀」乗艦時からペアを組んでいる吉川克己《よしかわかつみ》上等飛行兵曹の声だ。

前下方から敵弾を受けた第二小隊の二番機――水沢利夫《としお》一等飛行兵曹を機長とする艦爆が、隊列から姿を消す。

「敵機、後ろ上方！」

新たな報告と共に、後席から連射音が響く。吉川が、七・七ミリ旋回機銃を放ったのだ。

吉川だけではない。

後続する各機が後席の旋回機銃を放つが、艦爆隊は既に斜め単横陣に展開している状態だ。各機が、個別に応戦するしかない。

「敵機、本機に向かって来ます！」

「了解！」

吉川の報告を受け、小川は機体を右に、左にと振る。胴体下に五〇番を抱えた艦爆が、振り子のように振られ、敵機の火箭が翼端をかすめる。

吉川が七・七ミリ旋回機銃を放ったのだろう、後席から連射音が届く。回避運動を行いながらの射撃では、命中は望めない。牽制《けんせい》になれば上々だ。

Fw190Aが頭上を通過する。

小川は咄嗟に、機首の固定機銃を発射する。

二〇ミリ弾より細いが、七・七ミリ弾よりは太い火箭が目の前からほとばしる。弾道の直進性がよく、敵機の下腹に突き刺さる。

敵機が左に傾いた。火も煙も噴き出すことはなかったが、小川の目の前から姿を消した。

「流石《さすが》はアメちゃんの機体だ」

小川は快哉《かいさい》を叫んだ。

第三艦隊の艦爆隊は、今年制式化された三式艦爆を装備している。艦戦の炎風と同様に、米国のダグラスSBD〝ドーントレス〟を輸入したものだ。

米国での配備は昭和一五年だから、新鋭機とは言えないが、九九艦爆よりも速度性能が高く、爆弾搭載量が大きく、装甲も厚い。

自衛用の火器も強力で、機首に一二・七ミリ固定機銃二丁、後席に七・七ミリ旋回機銃一丁を装備している。

九九艦爆の七・七ミリ固定機銃では容易に墜とせなかった機体でも、一二・七ミリ機銃であれば撃墜は可能だ。

味方機の墜落を見て怒りに駆られたのか、二機のFw190Aが正面から向かって来る。

小川は、照準器の白い環を敵機に重ねる。

こちらは艦爆、敵は戦闘機だ。一対一でも分が悪いのに、二対一では勝算はない。それでも、黙ってやられる気はない。

相手が戦闘機でも、恐れず立ち向かうのが、帝国海軍艦爆隊の戦い方だ。

小川が先に銃撃する。目の前に閃光が走り、二条の火箭が噴き延びる。

敵機が左右に分かれ、小川の射弾をかわす。二機が小川機を挟《はさ》み込むように襲って来る。

(やられる!)

そう直感したとき、敵一番機を青白い曳痕の奔流が包んだ。

敵機は瞬く間に、主翼と胴に無数の孔を穿たれ、炎と黒煙を噴き出しながら墜落した。

二番機は機体を横転させ、垂直降下に移る。

「ありがたい!」

小川が叫んだとき、敵一番機を墜とした炎風が、頭上から小川機を追い越した。

敵二番機を追うつもりなのか、左に横転して降下に移る。

このときには、前方に黒い爆煙が湧き出している。敵の対空砲陣地が、射撃を開始したのだ。

小川は、前下方を見た。

海岸付近から内陸に向かって、滑走路がまっすぐに伸び、周囲には駐機場や付帯設備、駐機中の機体も見えている。

攻撃目標のカターニア航空基地だ。

「江草一番より全機へ。全軍突撃せよ！」

江草の声がレシーバーに響いた。

総指揮官が自ら率いる「蒼龍」の艦爆隊が、真っ先に突撃を開始した。

九九艦爆よりも五〇〇キロほど重い機体だが、全長、全幅はやや小さい。動作は、機敏に感じられる。

前半分が太く、後ろ半分が細い急降下爆撃機が、素早い動きで急降下の態勢に入り、敵飛行場に突っ込んでゆく。

「『大龍』隊、続け！」

小川は、麾下一六機の三式艦爆に命じた。

敵弾が次々と炸裂し、弾片が高速で飛び交う中、急降下爆撃の教範《きょうはん》通りに、左主翼の前縁に滑走路を重ねた。

エンジン・スロットルを絞ると同時に、操縦桿を前方に押し込み、急降下を開始した。


第二次攻撃隊の報告電は、日本時間の一八時一四分（現地時間一〇時一四分）に、第三艦隊旗艦「翔鶴」に入電した。

「攻撃終了。敵飛行場ニ爆弾多数命中。効果大。敵飛行場ハ使用不能ト認ム。一七四六《ヒトナナヨンロク》（現地時間九時四六分）」

「やってくれたか」

通信参謀中島親孝少佐が報告電を読み上げると、司令長官小沢治三郎中将は、「鬼瓦《おにがわら》」の異名《いみょう》を持つい かつい顔をほころばせた。

連合軍総司令部がシチリア島の攻略作戦を発動したのは一〇月一九日だ。

イタリア領リビアの攻略は終了したが、枢軸軍はトリポリへの航空攻撃を繰り返すと共に、潜水艦による物資輸送の妨害を試みている。

リビアを固めると共に、枢軸国の一角であるイタリアを切り崩すため、シチリア島の攻略が決定され、その先鋒《せんぽう》として、小沢の第三艦隊と、英国海軍のS部隊——正規空母四隻、小型空母三隻を擁する機動部隊が出撃した。

シチリア島は開戦前からのイタリア領であり、戦略的にもイタリアの死命《しめい》を制する重要な場所を占めている。

敵の抵抗は相当激しいものになると予想していたが、艦戦と艦爆合計二一〇機の攻撃隊はカターニアの敵飛行場を使用不能に追い込み、作戦目的を達成したのだ。

「三式艦爆の導入は正解でした。あの機体の爆弾搭載量は、単純計算で九九艦爆の倍以上ですから。九九艦爆二〇〇機以上で爆撃したのと同じ効果があります」

首席参謀高田利種大佐に続いて、航空甲参謀内藤雄中佐が言った。

「防御力の高さが利《き》いたと考えます。攻撃力の高い機体であっても、投弾前に撃墜されては、力を発揮できません。三式艦爆のうち、相当数が投弾に成功したのではないでしょうか？」

(兵器とは、かくあるべきだ)

内藤の言葉に頷きながら、小沢はそのようなことを考えている。

従来、帝国海軍は攻撃を重視する余り、防御を軽視する傾向が強かった。

零戦にせよ、九九艦爆、九七艦攻にせよ、防弾装備はなきに等しく、被弾するとすぐに火を噴くことが多かったのだ。

だが、炎風や三式艦爆は防御に力が入れられ、被弾しても容易に火災を起こさない。

先のトブルク攻撃では、主翼や胴に二〇ミリ弾を何発も喰らった機体や、エンジンに被弾してシリンダーを幾つも吹き飛ばされたりした機体が、母艦に戻った例もある。

陸軍が導入した三式戦「熊鷹」も、炎風に劣らず頑丈な機体で、直撃を受けても簡単には墜ちないということだ。

山本連合艦隊司令長官が、作戦打ち合わせのためにエジプトを訪れたとき、

「米国が炎風や三式艦爆を売り込んで来たのは、武器の輸出で利益を上げたいということもあるが、我が国軍用機の防御力不足を見かねて、というところもあった。防御力の弱い機体で戦い続けていれば、搭乗員を多数失い、いずれ人材が枯渇《こかつ》する。航空機を飛ばすのは搭乗員なのだから、搭乗員を何より大事にしなければならない。米国の軍用機は、その思想を根底《こんてい》において設計・製造されている」

と、小沢や小林宗之助遣欧艦隊司令長官に伝えている。

事実、炎風の帰還率は、零戦よりも遥かに高かったのだ。

攻撃は最大の防御というが、適切な防御力があってこそ、初めて攻撃が成功する。

炎風や三式艦爆は、そのことを我々に教えてくれたのだ、と小沢は考えている。

米国製の機体は一時的なものであり、いずれ国産の新型機に置き換えていくことになるだろうが、今後の国産軍用機は、防御力に重点を置くことになるだろう。

「カターニア攻撃の結果は、英軍に報せますか？」

参謀長の山田定義少将が聞いた。

第三艦隊によるカターニア攻撃と並行して、英海

軍S部隊は、シチリア島の南方五五浬に位置するマルタ島への攻撃を実施している。

S部隊も、カターニア攻撃の成否には注目しているはずだ。

「攻撃隊の報告電は英軍でも受信していると思うが、念のために伝えておいてくれ」

小沢は答えた。

「S部隊によるマルタ攻撃の結果が気になります」

高田が、時計を見上げて言った。

マルタ島にはシチリア島同様、枢軸軍の大規模な飛行場の存在が確認されている。シチリア攻略に先立って、是が非でも叩かねばならない場所だ。

S部隊がマルタ攻撃に失敗すれば、シチリア攻略作戦の予定に狂いが生じる。

「焦《あせ》ることもあるまい。S部隊の報告を待とう」

と、小沢は応えた。

S部隊がマルタを攻め切れないようであれば、トリポリ、ベンガジに展開する第一一航空艦隊に支援を要請してもよい。

一一航艦の主任務は、基地の防空と対潜哨戒、輸送船団の護衛だが、遣欧艦隊司令部は、

「必要に応じて、シチリア、マルタの敵飛行場攻撃に参加せよ」

と命じていた。

一八時四七分（現地時間一〇時四七分）、S部隊からの報告電が入電した。

血相《けっそう》を変えて艦橋に上がって来た中島通信参謀が、早口で電文を読み上げた。

「S部隊より緊急信。『我、空襲ヲ受ク。一〇四六《ヒトマルヨンロク》』！」

2

敵機は、低空から飛来した。

水平線の向こうから、多数の黒い点が出現したと思った直後、みるみる航空機の形を整え、海面に貼

り付くような高度から突っ込んで来た。

「敵機はヴュルガー！」

輪型陣《りんけいじん》の外縁部で警戒していた駆逐艦「モホーク」から、全艦に通信が送られる。

「我が国から奪った機体を使いやがって！」

軽空母「コロッサス」艦長マイケル・ジェニングス大佐は罵声《ばせい》を放った。

九月一〇日より前線に姿を現したドイツ軍の双発爆撃機「ヴュルガー」については、既に調べが付いている。

イギリス本国のデ・ハビランド社が開発した全木製の双発多用途機をドイツが接収し、自国の空軍に編入したものだ。

地中海では、リビアの連合軍飛行場や、補給物資を運ぶ輸送船への攻撃に用いられていたが、その機体がイギリス艦隊に向かって来たのだ。

イギリスの航空機メーカーが心血《しんけつ》を注いで開発した機体を、イギリス艦隊に差し向けて来るという行為には、腸《はらわた》が煮えくり返る思いだった。

「直衛機、迎撃を開始します！」

艦橋見張員が報告した。

艦隊の上空で旋回待機していた直衛戦闘機が、次々と低空に舞い降り、敵機の正面から突進した。

スコッチ・ウイスキーの樽《たる》のように、太い胴体を持つ機体だ。イギリス空軍の主力だったスーパーマリン・スピットファイアのようなスマートさはない。

だが、この機体が見かけに似合わぬ敏速さを持つことは、既に分かっている。

グラマンF6F〝ヘルキャット〟。同じグラマン社のF4F〝マートレット〟に続いて、イギリス軍が導入した艦上戦闘機だ。

その機体が、獲物《えもの》を見つけた猛禽《もうきん》の勢いで低空へと舞い降り、両翼からぶちまける勢いで、一二・七ミリ弾を発射する。

青白い曳痕が、網のようにヴュルガーの機首や主翼を捉える。

機首に被弾したヴュルガーは、破片を撒き散らしながら海面に突っ込み、エンジンに被弾したヴュルガーは、炎と黒煙を引きずりながら墜落する。

撃墜したヴュルガーは四機だけだ。

F6Fも、ヴュルガーも、海面付近の最大時速は五〇〇キロ以上。相対速度は一〇〇〇キロ以上だ。射撃の機会は一瞬しかなく、命中弾を得るのは至難だ。

ヴュルガーの後方に離脱したF6Fが、垂直旋回をかけて反転するが、なかなか距離が縮まらない。

輪型陣の外郭《がいかく》に発射炎が閃き、ヴュルガーの前方と左右に爆炎が湧き出す。

空母の周囲に展開する護衛艦艇が、対空戦闘を開始したのだ。

巡洋戦艦「リナウン」が、日本での待機中に装備したアメリカ製の一二・七センチ両用砲を撃ちまくり、軽巡も駆逐艦も、両用砲を水平に近い角度まで倒して、敵機に猛射を浴びせる。

海面に漂う黒い爆煙は、敵機の前に壁を作ろうとしているようだ。

両用砲の弾片をまともに浴びたのか、一機のヴュルガーが火を噴いて海面に叩き付けられる。

続いて二機目が片方の主翼を吹き飛ばされ、錐揉《きりも》み状に回転しながら海面に激突する。

「敵の目標はどの艦だ？」

ジェニングスは呟いた。

S部隊は、正規空母と軽空母各二隻を擁するS1部隊と、正規空母二隻、軽空母一隻を中心にしたS2部隊に分かれている。三隻の軽空母は、いずれもアメリカから買い入れた艦だ。

ジェニングスの乗艦「コロッサス」は、姉妹艦「パーシユース」、正規空母「イラストリアス」「ヴィクトリアス」と共に、S1部隊に所属する。

敵としては正規空母を狙いたいだろうが、航空機のコクピットからでは、正規空母と軽空母の区別は付け難い。「コロッサス」が狙われる可能性は、高いと言わざるを得ない。

護衛艦艇は、対空砲火を機銃に切り替えている。

四〇ミリ機銃が握《にぎ》り拳《こぶし》ほどもある曳痕を吐き出し、二〇ミリ機銃が青白い火箭を放つ。

四〇ミリ弾をまともに喰らったヴュルガーが、機首を撃砕されて叩き墜とされ、複数の二〇ミリ弾を集中されたヴュルガーが、空中分解を起こしてばらばらになる。

「ヴュルガー七機、本艦の右正横！」

見張員が報告を上げた。

「面舵《おもかじ》一杯。針路三五〇度」

「砲術、射程内に入り次第射撃開始！」

ジェニングスは、二つの命令を発した。

「面舵一杯。針路三五〇度！」

航海長ハロルド・マッケイ中佐が、操舵室に下令する。

「コロッサス」は、すぐには艦首を振らない。

イラストリアス級正規空母に比べれば小さいとはいえ、基準排水量は一万一〇〇〇トン。巡洋艦に匹敵《ひってき》する重量を持つ艦だ。舵が利くまでには、相応《そうおう》の時間を要する。

「コロッサス」の右舷《うげん》側に発射炎が閃き、炎の塊のような曳痕が飛び出した。

「コロッサス」の防御火器は、四〇ミリ四連装機銃二基、同連装機銃八基、二〇ミリ単装機銃二二基。両用砲は装備していない。

アメリカの技術者が、何を考えてこの艦の対空兵装を機銃のみとしたのかは分からないが、元々空母は、護衛艦艇と共に行動することを前提としている。

空母は、直衛戦闘機と護衛艦艇が撃ち漏らした敵機のみを叩けばよい、という割り切りかもしれない。

四〇ミリ弾がヴュルガーを捉える。

左主翼に火焔が躍《おど》り、引き剝《は》がされたカウリングが後方に吹っ飛ぶ。剝き出しになったエンジンは、炎と黒煙に包まれ、片方の推進力を失った機体は、大きく左に旋回しながら海面に突っ込む。

一機撃墜を確認したところで、「コロッサス」の艦首が右に振られる。

一旦舵が利き始めれば、動きは速い。艦首が敵機に向けられる。

ヴュルガーが、僅かに機首を上げた。

「コロッサス」の飛行甲板や艦橋をかすめ、後方へと通過した。

対空機銃が撃ち上げられ、一発がヴュルガーの下腹に命中する。胴体に大穴を穿たれたヴュルガーがよろめき、海面に激突して飛沫を上げる。

敵弾が落下し始めた。

右舷側海面で飛沫が上がったかと思うと、正面で爆発が起こり、大量の海水が艦首甲板に降り注ぐ。

左舷側海面に二発が落下し、大量の海水が空中高く噴き上がる。

敵弾は、全て着発信管付きの瞬発弾《しゅんぱつだん》だ。弾着と同時に爆発するため、海中からの爆圧はない。

敵弾が次々と炸裂する中、「コロッサス」が舷側《げんそく》を発射炎で真っ赤に染める様は、荒れ狂う軍神《マルス》を思わせる。

最後の一発が炸裂したとき、ジェニングスは艦が危機から脱したことを悟った。

「コロッサス」は、敵弾を全てかわしたのだ。

「『イラストリアス』被弾！」

見張員の報告が艦橋に上げられた。

ジェニングスは、双眼鏡を向けた。

「コロッサス」の前方で奮闘していた空母が、飛行甲板の中央部から黒煙を上げている。

火災は、さほど激しいものではないようだ。

防御力を重視し、戦艦に匹敵するほどの重装甲を施された艦だ。敵弾は飛行甲板で爆発しただけであり、格納甲板までは貫通しなかったのではないか。

「損害軽微のようだな」

ジェニングスが呟いたとき、

「新たな敵機、左三〇度、高度四〇〇〇！」

見張員の報告が飛び込んだ。

英国本国政府海軍 コロッサス級小型空母「コロッサス」

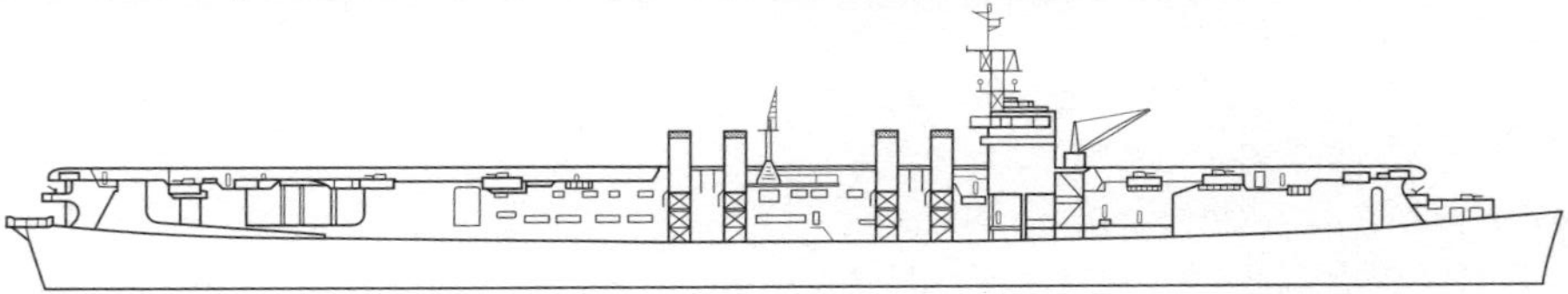

全長	190.0m
最大幅	33.3m
基準排水量	11,000トン
主機	蒸気タービン 4基／4軸
出力	100,000馬力
速力	31.6ノット
兵装	40mm 連装機銃 11基 20mm 単装機銃 16丁
航空兵装	30機〜45機
乗員数	1,569名
同型艦	【英国本国政府艦隊】パーシュース、パイオニア(配備予定) 【日本海軍】丹鳳、白鳳、雲鳳 他３隻の配備が予定されている。

欧州情勢が風雲急を告げるなか、アメリカ海軍は空母戦力を急ぎ増強する必要に迫られ、建造中のクリーブランド級軽巡洋艦の艦体を用いた軽空母を完成させ、インデペンデンス級空母と命名した。

しかし、短期間での戦力化を最重視したため、空母としての完成度は高いとは言えず、運用面での課題も多かった。また、デューイ政権が欧州戦争への参戦に否定的見解を示したこと、さらにはエセックス級正規空母の建造が軌道に乗ったことで、軽巡を改造した軽空母の需要は見込めないものとなった。

このため、米海軍は建造中のインデペンデンス級空母を含め、日本に亡命中の英国本国政府および日本に売却すると決めた。

本艦は、二番艦プリンストンを英国本国政府仕様に改装したものであり、いよいよ目前に迫った英本土奪還作戦に向けて、活躍が期待されている。

「スツーカか⁉」

ジェニングスは、半ば反射的に聞き返した。

敵機の高度を聞いて、急降下爆撃かと考えたのだ。

「敵機は四発重爆！」

との報告が、折り返し飛び込む。

「四発重爆……水平爆撃か」

ジェニングスは、幾分《いくぶん》か緊張を解いた。

水平爆撃は命中率が悪い。飛行場やトーチカのような静止目標ならともかく、高速で走り回る艦艇に命中することは滅多《めった》にない。

ただし、弾着時の速度は大きいため、命中すればかなりの被害が生じる。

「取舵一杯！」

「取舵一杯！」

ジェニングスの下令を受け、マッケイ航海長が操舵室に下令した。

周囲では、猛々しい爆音が轟いている。

ヴュルガーを相手取っていたＦ６Ｆが、敵の四発重爆に立ち向かうべく、上昇に転じたのだ。

周囲に褐色《かっしょく》の砲煙が湧き出し、太鼓《たいこ》を連打するような砲声が轟く。

各艦の対空射撃だ。

巡洋戦艦「リナウン」、軽巡「エジンバラ」「ベルファスト」、更にはたった今直撃弾を受けたばかりの空母「イラストリアス」と姉妹艦「ヴィクトリアス」が、一二・七センチ両用砲に目一杯《めいっぱい》仰角をかけ、矢継《やつ》ぎ早《ばや》に射弾を放つ。

「コロッサス」と「パーシュース」は沈黙している。

高度四〇〇〇から飛来する重爆に、機銃は役に立たない。回避運動によって、敵弾をかわすのだ。

上空で次々と爆発が起こり、黒い爆煙が湧き出す。

四発重爆は、針路、速度とも変えることなく、悠《ゆう》然《ぜん》と迫って来る。

Ｆ６Ｆはエンジン・スロットルをフルに開き、急上昇をかけているが、投弾には間に合いそうにない。

「敵一機撃墜！」

見張員が戦果を報告したとき、「コロッサス」が左舷側に回頭を始めた。

敵重爆の爆音が拡大する。頭上を圧迫するような轟音が、左前方から右後方へと抜けてゆく。

「砲術より艦長、敵弾、『ヴィクトリアス』に向かいます！」

砲術長ミラード・カーマイクル少佐の報告が、艦橋に飛び込んだ。

「どういうことだ？」

束《つか》の間《ま》、ジェニングスは混乱した。

四発重爆の爆弾なら、「落下する」という表現を使うはずだ。「向かう」では、爆弾自体が飛行しているように聞こえる。

カーマイクルが答えるより早く、右前方に巨大な火焔が躍った。

「コロッサス」の回頭に伴い、右前方に占位する形となった「ヴィクトリアス」がいる方向だ。

「ヴィクトリアス」に双眼鏡を向け、ジェニングスは息を呑んだ。

イギリスが誇る重装甲空母が、飛行甲板から炎を噴き上げている。

艦内で爆発が繰り返し起きているらしく、炸裂音が伝わり、艦が身を震わせている。

敵弾は飛行甲板を貫通し、「ヴィクトリアス」の艦内で炸裂したようだ。

「馬鹿な……」

ジェニングスは、茫然として呟いた。

「ヴィクトリアス」の飛行甲板は、一〇〇〇ポンド爆弾の直撃に耐える強度を誇る。その甲板をぶち抜くとは、敵機はどれほどの爆弾を投下したのか。

「敵弾、『イラストリアス』にも向かう！」

カーマイクルが、新たな悲報を送った。

ジェニングスは、「イラストリアス」に視線を転じた。

今度は、自身の目ではっきりと見た。

急速転回する「イラストリアス」に、複数の黒い塊が上空から迫っている。あたかも艦の動きを追うような動きだ。

敵弾は、吸い寄せられるように「イラストリアス」を直撃する。

先の被弾に伴う火災は既に消し止められ、煙は消えていたが、新たな炎が「イラストリアス」の艦首付近に奔騰した。

敵弾は一発だけではない。二発目が飛行甲板の中央に、三発目が艦尾付近に、それぞれ命中する。

被弾の度、「イラストリアス」の巨体は激しく震え、金属的な叫喚《きょうかん》を発する。

艦内から噴出した炎は、飛行甲板上をのたうち、艦全体を呑み込んでゆく。

「敵弾、本艦にも向かって来ます！」

「撃て！　撃ちまくれ！」

カーマイクルの報告を受け、ジェニングスは咄嗟に叫んだ。

落下中の爆弾に、機銃弾を命中させるのは至難だが、「艦を追いかけて来る爆弾」への対処は、他に考えつかなかった。

「コロッサス」の左右両舷に発射炎が閃き、上空に向けて火箭が突き上がる。

付近にいる護衛艦艇――軽巡「エジンバラ」と駆逐艦二隻も、「コロッサス」を援護《こ》する。

地中海の真っ青な海面を、白く弧状に切り裂きながら、「コロッサス」は敵弾から逃れるべく、上空に猛射を放つ。

回頭に伴い、艦首が敵弾に正対《せいたい》したのか、黒い大きな塊が、「コロッサス」の正面上方から落下して来る様が見えた。

報告された通り、艦に合わせたような動きだ。爆弾というより、グライダーを思わせた。

敵弾に、「コロッサス」の射弾が集中される。

前に向けて発射できる四〇ミリ機銃、二〇ミリ機銃全てが撃ちまくり、青白い曳痕が爆弾に殺到する。

爆弾が、炸裂する様子はない。

機銃弾を蹴散《けち》らすような勢いで、「コロッサス」の飛行甲板に迫って来る。

「当たる……！」

ジェニングスの口から、その言葉が漏れた。

最悪の事態が脳裏に浮かび、思わず胸の前で十字を切った。

「コロッサス」の飛行甲板に吸い込まれる直前、敵弾の姿が消失した。

同時に、強烈な爆発が起こり、横殴《よこなぐ》りの衝撃波が艦橋を襲った。

これまでに経験したことがないほどの炸裂音が、ジェニングスを始めとする乗員の絶叫や機銃の連射音をかき消した。

3

「英海軍がやられただと⁉」

遣欧艦隊司令長官小林宗之助中将は、長官席から腰を浮かせて叫んだ。

戦艦、重巡を中心とした遣欧艦隊本隊は、敵艦隊の出現に備えて第三艦隊の後方に布陣《ふじん》していたが、思いがけない悲報がもたらされたのだ。

「損害は『イラストリアス』の沈没、『ヴィクトリアス』『コロッサス』の損傷です」

英海軍の連絡将校ニール・C・アダムス中佐が報告した。

この直前まで、旗艦「大和」の通信室でS部隊と直接連絡を取り、情報収集に当たっていたのだ。

「『ヴィクトリアス』は飛行甲板を大破され、発着艦不能に陥りました。『コロッサス』は艦橋が大破し、艦長を始めとする先任将校のほとんどが戦死したとの報告です。S部隊では、『ヴィクトリアス』『コロッサス』には駆逐艦の護衛を付けてアレキサンドリアに帰還させ、S1部隊の残存艦艇はS2部隊に合流させるとのことです」

「『ヴィクトリアス』の飛行甲板を大破させたとな

りますと、敵は非常に破壊力の大きな爆弾を使用したと考えられます」

芦田優作戦参謀が疑問を提起した。

芦田は一度、「ヴィクトリアス」の艦内を見学したことがある。

格納甲板の上下左右を鋼鉄製の箱で包み込むという独特の防御方式がはっきり分かり、その堅牢《けんろう》さに舌を巻いたものだ。

「空母の格納甲板は、可燃物や爆発物が集中するため、弾火薬庫に匹敵するほど危険な存在である」というのが英国海軍の認識であり、戦艦の主要防御区画に匹敵するほどの重装甲を施したということだ。

その装甲を破ったとは、恐るべき破壊力だ。

五〇〇キロ爆弾を一〇発以上叩き付けたのか、それとも枢軸軍は、重量一トンを超える大型の航空爆弾を保有するのか。

「敵が使用した爆弾の重量、炸薬量については判明していません。今後の調査結果を待ちたいと考えます。ただ、一点気がかりな情報があるのです」

アダムスは顔を曇《くも》らせ、深刻そうな口調で言った。

「気がかりな情報とは？」

「目撃した者の証言では、爆弾が艦の回避に合わせて追いかけて来た、というのです。爆弾そのものが航空機のように飛び、艦に突入した、と」

「飛行する爆弾とは、噴進《ふんしん》弾の一種かね？」

白石万隆参謀長が聞いた。

ロケット推進する噴進弾の情報は、遣欧艦隊司令部にも入っている。

ソ連軍は「カチューシャ」と名付けた噴進弾を、対独戦に大量投入しており、ドイツ軍にも同様の兵器があるという。

ドイツ軍は、航空機に搭載する噴進弾を開発したのか、と推測したようだ。

「噴進弾ではなかったようです。敵弾の後方に、排煙があったとの報告はありません。そもそも噴進弾であれば、艦船の動きに合わせて追って来たりはしません」

アダムスの答を受け、白石は問いを重ねた。

「では、敵の爆弾の正体は何なのだ？」

「S部隊司令部では、無線操縦式のグライダーに爆弾を仕込んだものではないか、と睨んでおります」

「グライダー爆弾ですか」

芦田は呟いた。

グライダーならば合点《がてん》が行く。

操縦者は目標の動きを自分の目で見てグライダーを操り、突入させたのだ。従来の水平爆撃に比べ、比較にならないほど高い命中率が得られるはずだ。

「グライダー爆弾なら、対処は難しくありません。投弾前、いや投弾後であっても、弾着の前に搭載機を撃墜すればよいと考えます」

芦田の一言で、艦橋内の張り詰めていた空気が緩んだ。

ドイツ軍がS1部隊への攻撃に用いた兵器の正体と対処方法が分かったことで、幕僚たちの多くが安堵《あんど》したようだ。

「アダムス中佐が言ったことは、あくまで推測だ。『ヴィクトリアス』を大破させた爆弾の正体については、更なる調査が必要だろう」

小林が厳しい声で言い、新たな疑問を提起した。

「グライダー爆弾の使用には、相当に搭載量の大きな航空機が必要になると考えるが」

「S部隊の情報には『四発の重爆撃機』とありました。ドイツがソ連攻撃に使用している機体と、同一のものと推測します」

アダムスに続いて、芦田が発言した。

「ソ連から関東軍を経由して届いた情報ですが、同国が撃墜した四発重爆の残骸を調査したところ、英国アブロ社の製品であることを示す刻印があったそうです。アダムス中佐なら、ある程度事情が分かるのではありませんか？」

「おそらく、アブロ社のランカスターでしょう。あの機体が投入されることを、私は恐れていました」

アダムスが、大きく息を吐き出した。

ランカスターは、英国の航空機メーカー、アブロ社が開発を進めていた四発重爆撃機だ。

全長二一・二メートル、全幅三一・一メートル、全備重量三一・八トンの巨体と、最大六・三五トンの爆弾搭載量は、アメリカが配備した「空の要塞」ことボーイングB17〝フライング・フォートレス〟と比べても遜色ない。

おそらくアブロ社は、ドイツの占領下に置かれた英本国でランカスターの開発を継続したのだ。

ドイツは、量産が始まったランカスターを自軍に編入し、ソ連に対する戦略爆撃に投入すると共に、イタリアの飛行場にも配備したのだろう。

S部隊は自国製の機体に攻撃され、空母一隻沈没、二隻損傷の被害を受けたことになる。

「敵の重爆撃機については、ここまでにしよう。件《くだん》の四発重爆が、アブロ社のランカスターであるかどうかは、まだ確定したわけではない。重爆の正体については別途調べるとして、より重要な問題がある」

小林が、あらたまった口調で言った。

「シチリア島のカターニア飛行場、及びマルタ島の飛行場につきましては、共に使用不能に陥れた旨、三艦隊とS部隊より報告が届いております」

通信参謀の藏富一馬《くらとみかずま》中佐が報告した。

「三艦隊には、空中戦による未帰還機が生じたものの、艦艇には被害がありません。S部隊はたった今、アダムス中佐が報告したように、空母三隻を戦列から失いましたが、まだ正規空母と小型空母各二隻が健在です。三艦隊司令部からは明日、S部隊と協同し、予定通りパレルモを攻撃するとの報告が届いております」

小林は、満足げに頷いた。

「いいだろう。三艦隊、及びS部隊の奮闘に期待する旨、両部隊に通信を送ってくれ」

4

「左二〇度、敵飛行場」

空母「飛鷹」の艦戦隊隊長遠藤良昭《えんどうよしあき》大尉のレシーバーに、攻撃隊総指揮官の声が入った。

遠藤は操縦席から僅かに身体を浮かせ、左前方を見た。

第五航空戦隊に所属する「飛鷹」「隼鷹」「瑞鳳《ずいほう》」の艦戦隊は、地上すれすれの低空を飛んでいるため、まだ飛行場は視界に入らない。

シチリア島を東西に横切る山並みが、視界を遮《さえぎ》っている。

第一、第四航空戦隊から出撃した艦戦隊は、高度を三〇〇〇に取っているため、地上や海上の様子を広範囲に見渡せるのだ。

「遠藤一番より五航戦全機へ。三四〇度に変針。高度、このまま」

遠藤は、指揮下にある五航戦の艦戦隊五九機に命じた。

同時に操縦桿を左に倒し、三四〇度に変針した。

後方を振り返り、麾下五九機の追随を確認する。

前上方には、一、四航戦から出撃した炎風七二機が所属する航空戦隊毎に分かれ、二隊の梯団を組んでいる。

「零戦が、まだまだ役に立つってところを見せなけりゃな」

遠藤は前方を見据え、自身に言い聞かせた。

パレルモに対する第一次攻撃隊は、炎風と零戦の混成だ。

零戦の主任務は、空中戦による敵戦闘機の撃滅ではなく、駐機している敵機の地上撃破だ。敵機がいなかった場合には、対空砲陣地を叩く。

両翼の下には、三〇キロの小型爆弾一発ずつを搭載している。

攻撃目標は、昨日英海軍S部隊を襲った重爆だ。

零戦が装備する二〇ミリ機銃は、炎風の一二・七ミリ機銃よりも一発当たりの破壊力が大きく、重爆への攻撃に適している。

炎風が、電探にかかり易《やす》い高度を飛んで敵戦闘機を引きつけ、その間に零戦が低空から飛行場を急襲するのだ。

ただし、零戦六〇機はシチリア島の島民にその姿をさらしている。

第三艦隊はシチリア島の南西海上に展開しているため、攻撃隊は島の南西岸から陸地の上空に進入したのだ。

島民が当局に通報すれば、敵は日本側の目論見を悟り、低空での迎撃準備を整えているはずだ。

不意に、前上方に動きが生じた。

一、四航戦の炎風が速力を上げている。

炎風隊の前方には、多数の機影が見える。

枢軸軍の戦闘機隊が、迎撃に上がったのだ。

「こっちはどうだ？」

遠藤は周囲を見渡した。

パレルモの市街地が、視界に入り始めている。向かって右に、港が位置している。

情報によれば、敵飛行場は市街地を挟んで港の西側に位置するはずだ。

「あれか！」

遠藤は小さく叫んだ。

南北に、長大な滑走路が伸びている。相当な大型機でも、悠々と離着陸ができそうだ。

駐機場は向かって左、滑走路の西側に位置しており、多数の機体が待機している。

「遠藤一番より五航戦全機へ。目標発見。突撃隊形作れ」

遠藤は、麾下の五九機に下令した。

整然たる編隊形を保っていた零戦が、四機一組の小隊に分かれ、左右に展開する。

零戦に向かって来る敵戦闘機はない。作戦は成功したようだ。

「五航戦、突撃せよ！」

遠藤は叩き付けるように下令し、エンジン・スロットルをフルに開いた。

五航戦の装備機は零戦五二型。角形の主翼を持っていた三二型の翼端を丸形に成形し、集合排気管をロケット効果を持つ単排気管に改めたものだ。

最大時速は五五九キロ。零戦各型の中で、最速を誇る。炎風の配備が進む現在、零戦の最終型となることが決まっている機体だ。

その機体が、中島「栄《さかえ》」二一型の爆音を轟かせながら、パレルモの敵飛行場に突っ込んでゆく。

駐機場に居並ぶ敵機を、照準器の白い環が捉えた。

五航戦の零戦搭乗員には、初めて見る機体だ。

太い胴。幅広く長い主翼。両翼に二基ずつを装備する巨大なエンジン。

膨れた機首は、コブダイの頭のように見える。

これまでに戦ったドイツ、イタリアの爆撃機とは、大きく異なる形状だが、胴体側面に描かれた国籍マークは、紛れもない棒十字だ。

機数は、ざっと四〇機。「さあ、撃ってくれ」と言わんばかりに並んでいる。

充分距離を詰め、遠藤は一連射を放った。

通常は、機首の七・七ミリ機銃で弾道を確認した後、二〇ミリ機銃を放つところだが、相手は地上の静止目標だ。最初から二〇ミリ弾を発射しても、命中させられる自信があった。

両翼に発射炎が閃き、二〇ミリ弾の太い火箭が噴き延びる。射弾は狙い過たず、敵機の右主翼に吸い込まれる。

遠藤は速力を緩めることなく、一機目の真上を通過し、新たな一連射を二機目に叩き込む。

今度は、瘤《こぶ》のように膨れ上がった機首に命中し、風防ガラスの破片が砕け散る。

「こぶとり爺《じい》さんだな」

遠藤は小さく笑った。俺たちは、爺さんのこぶを取ってやった鬼か、と口中で呟いた。

三機目、四機目と、遠藤は銃撃を連続する。

発射把柄《はへい》を握る度、両翼からほとばしる真っ赤な曳痕が、四発重爆の太い胴や主翼、エンジン・カウリングに突き刺さる。

隊列の端まで来たところで、遠藤は投下レバーを引いた。

両翼の下に提《さ》げてきた三〇キロ小型爆弾二発を投下したのだ。

帝国海軍が保有する爆弾の中では最も小さいが、駐機中の機体に対しては充分な破壊力を持つ。

「五航戦、敵機がそっちに行ったぞ！」

レシーバーに、味方の声が響いた。

第一次攻撃隊の総指揮官を務める「翔鶴」艦戦隊隊長兼子正少佐の声だった。

遠藤は、咄嗟に前上方を見上げた。

一〇機前後の敵機が、ほとんど垂直に近い急角度で、零戦隊に突っ込んで来る様が見えた。

「前上方、敵機！」

遠藤が麾下全機に警報を送ったときには、敵機は間近《まぢか》に迫っている。

液冷エンジン機に特有の、鼻先の尖った機体だが、メッサーシュミットBf109ではないようだ。イタリア軍の戦闘機かもしれない。

敵機の両翼に発射炎が閃くより早く、遠藤は左の水平旋回をかけた。

第一小隊の二番機は遠藤と同じく左へ、三、四番機は右へ、それぞれ旋回する。

直前まで零戦が占めていた空間を、敵弾が貫く。

第一小隊に一連射を浴びせた敵機は、機体を引き起こし、後続機に向かっている。

遠藤は僚機を援護すべく、機体を反転させた。

五航戦の艦戦隊が叩いた駐機場の四発重爆が、視界に入って来た。

燃料補給の前だったのか、火災を起こしている機体は少ない。

それでも、着陸脚を破壊されてへたり込んでいるもの、コクピットを粉砕されたもの、尾部を吹き飛ばされているもの等、使用不能の機体が半数以上を占めている。

（任務達成だ）

そう確信するや、遠藤はエンジン・スロットルを開き、敵機に向かって突進した。

低空は、彼我の機体が入り乱れる混戦状態になっている。

零戦は右に、左にと旋回し、敵機の背後を取ろうと腐心《ふしん》するが、敵機は格闘戦に入るつもりはないようだ。零戦に一連射を浴びせ、猛速で離脱する。

火箭を撃ち込まれた零戦が、コクピットを粉砕されて墜落し、主翼の二〇ミリ弾倉を直撃されて誘爆を起こす。

撃墜された零戦が敵重爆の真上から落下し、轟音と共に火柱《ひばしら》がそそり立つ。

誘爆を起こし、木っ端微塵《こばみじん》に砕け散った零戦の破片が、敵重爆の残骸の上から降り注ぐ。

「五航戦全機、敵機を撃攘《げきじょう》しつつ離脱せよ！」

遠藤は、麾下全機に命じた。

隊列を乱していた零戦が、次々と反転し、機首を南に向ける。

零戦の真正面から、敵機が真一文字に突っ込んで来る。

「生かして帰さぬ」

そんな言葉が投げかけられるようだ。

多数の重爆を地上で撃破された怒りは、それほど大きいのだろう。

零戦が、次々と射弾を放つ。多くは、機首の七・七ミリ機銃だ。

「いかん！」

遠藤は、零戦各機の状況を悟った。

零戦の多くは、敵重爆に対する攻撃で、切り札の二〇ミリ弾を使い果たしているのだ。七・七ミリ機銃だけでは、敵機に致命傷を与えるのは難しい。

零戦の反撃を嘲笑《あざわら》うかのように、敵機が銃撃を浴びせて来る。

両翼からほとばしった太い火箭が、零戦の主翼やコクピットに命中する。

主翼の付け根に被弾した零戦は、翼内タンクを破壊されて火を噴き、コクピットに被弾した零戦は、風防ガラスの内側を真っ赤に染め、力尽きたように墜落する。

敵一機が、遠藤機に機首を向けた。鼻面《はなづら》の尖った機体が距離を詰め、敵機の姿が膨れ上がった。

発砲は、遠藤が先だった。発射把柄を握ると同時に、両翼から二〇ミリ弾の火箭がほとばしった。

敵機のコクピットで搭乗員が顔を歪めたように感じられたが、それはごく一瞬だ。次の瞬間には、二〇ミリ弾がエンジン・カウリングからコクピットにかけて突き刺さっている。

エンジンに被弾した上、操縦員を射殺された敵機は、機首を下げ、遠藤の目の前から消える。

新たな敵機が二機、遠藤機の左前方から向かって来る。

二〇ミリ機銃の残弾はない。先に敵機を墜としたものが最後だ。

遠藤は、機銃の切り替えスイッチを七・七ミリに入れて身構《みがま》えた。

黙って墜とされるつもりはない。手持ちの武器で、最後まで戦うのだ。

発砲は、ほとんど同時だった。

遠藤機の機首から、七・七ミリ弾の細い火箭がほとばしり、敵機の主翼からも太い火箭が噴き延びた。

敵弾は、遠藤機の左主翼をすれすれにかすめたが、遠藤の七・七ミリ弾は、狙い過たず敵機の左主翼に命中した。

撃墜か、と期待するが、敵機は火を噴くことなく、風を捲《ま》いて遠藤機とすれ違う。

続いて、敵二番機が迫る。

遠藤が発射把柄に力を込めようとしたとき、敵二番機の真上から、青白い曳痕が降り注いだ。多数の射弾はコクピットを叩き潰し、左右の主翼や胴体の外鈑《がいはん》を貫通した。

　敵機が炎に包まれ、遠藤の目の前から姿を消す。たった今、敵機を墜とした炎風の太い機体が、遠藤の頭上を通過する。

　零戦隊の周囲からは、敵機の姿が消えている。

　炎風隊が零戦隊の援護に駆けつけたため、不利を悟って避退したのだろう。

　遠藤は、麾下の零戦に下令した。

「遠藤一番より五航戦全機へ。帰投する」

5

　第一次攻撃隊は、一七時三五分（現地時間九時三五分）より、第三艦隊に帰還し始めた。

「風に立て！」

　艦長の下令と共に、各空母が風上に向かって突進する。

　エンジン・スロットルを絞り込んだ炎風と零戦が、母艦の艦尾より接近し、飛行甲板に滑り込む。

　米国から輸入した炎風は、零戦の倍以上の重量を持つため、着艦したときの衝撃と音が大きい。

　一機が脚を降ろす度、重量物を落としたときのような鈍い音が響く。

　炎風の主翼や胴体には、被弾の跡が目立つ。パレルモ上空における空中戦の名残《なごり》だ。

　中には、握り拳を突っ込めそうな大穴を穿たれている機体もある。

　それでも、「負傷者あり」と報告を送って来る機体は少ない。

　複数の破孔を穿たれ、飛んでいるのが不思議に思えるような機体であっても、搭乗員は五体無事だ。

　米国から導入した新型戦闘機には、搭乗員の生命を守るために十二分な配慮が為されていることの証《あかし》だった。

「英軍攻撃隊からの報告電を受信しました。『攻撃成功。敵戦闘機ノ迎撃僅少』と伝えております」

帰還機の収容作業を行っているさなか、第二部隊旗艦と第四航空戦隊の旗艦を兼任する「大龍」の艦橋に、通信参謀真下賢明《ましもたかあき》少佐が報告を上げた。

「順調だな」

「畳《たた》みかける手が効いたようです」

司令官角田覚治中将の言葉を受け、航空参謀奥宮正武少佐が言った。

パレルモに対する航空攻撃は、第三艦隊が先陣を切り、一時間後に英海軍Ｓ部隊が第二撃を加えると決まっていた。

第三艦隊、Ｓ部隊とも、第一次攻撃隊は戦闘機のみで固め、敵戦闘機を徹底的に掃討すると共に、敵機の地上撃破に努める計画だ。

三艦隊の第一次攻撃隊からは、この一時間前に「攻撃終了。地上撃破せる敵四発重爆二〇機以上。一六三三《ヒトロクサンサン》（現地時間八時三三分）」との報告が届いている。

Ｓ部隊は予定通り、その一時間後にパレルモを攻撃したのだ。

「この調子なら、第二次攻撃でパレルモの敵飛行場を、完全に使用不能に追い込めるかもしれません」

首席参謀小田切政徳《おだぎりまさのり》中佐が、弾んだ声で言った。

第三艦隊の第二次攻撃隊は、既に発進している。炎風と三式艦爆の戦爆連合、合計一五七機だ。英海軍のＳ部隊も、第二次攻撃隊の準備を進めている。

一方、第三艦隊もＳ部隊も、敵機の触接を受けていない。

連合軍の機動部隊は、敵に位置を知られないまま、パレルモを叩いている。

戦いは一方的に推移しているように見えたが、角田は戒めるような口調で言った。

「優勢に見えているのは、あくまで現時点でのことだ。好事魔《こうじま》多し、という言葉もある。最後まで、気を緩めぬことだ」

「敵艦の推進機音に変化なし」

イタリア海軍の潜水艦「マルコーニ」の発令所に、水測室からの報告が上げられた。

「時、まだ至らずだな」

艦長フェデリコ・ロレンツィーニ大尉は、先任将校のカルロ・パスコリ中尉と頷き合った。

「マルコーニ」は、イタリアが一九四〇年に六隻を建造した航洋型潜水艦マルコーニ級の一番艦だ。

同級は、六隻全てが大西洋に進出し、ドイツのUボートと共にイギリス本土上陸前の準備攻撃に当たったが、消耗が激しく、四隻が失われた。

現在「マルコーニ」は、姉妹艦「トレーリ」、マルチェロ級潜水艦「モロシニ」「エモ」と共に、シチリア島南方の海面下に潜んでいる。

海面から伝わって来るのは、大小六隻の空母を中心とした日本艦隊の推進機音だ。

「マルコーニ」は、僚艦と共に雷撃の機会をうかがったが、まだ隙を見出していない。

（奴らがスエズを越える前に、手を打てていれば）

ロレンツィーニには、そんな悔恨《かいこん》がある。

盟邦ドイツは、連合軍の反攻をスエズ運河以南で食い止めるべく、紅海に多数のUボートやフランスから接収した水上部隊を投入したが、イタリア海軍は艦艇の温存策を採り、紅海への部隊派遣に消極的だった。

日本軍がエジプトに上陸したとき、イタリア海軍は初めて腰を上げたが、このときには、艦艇を紅海に送り込める状況ではなくなっていた。

結果、枢軸軍は連合軍の地中海侵入を許してしまい、アブキール湾における最新鋭戦艦二隻の喪失や、エジプト、リビアの失陥を招いたのだ。

紅海が主戦場となっていた頃は、まだ日本海軍の対潜能力は、さほど向上していなかった。

その時期に海軍総司令部が、全潜水艦を投入していれば、と思わずにはいられない。

戦局に応じて、常に最善の選択ができるわけではないと分かってはいたが——。

しばらく、無音状態での待機が続く。

海面の動きに変化はない。

日本艦隊は、シチリア島南方の海上で、速度を一定に保って遊弋《ゆうよく》しているだけだ。

「好機は、まだ来ぬか」

ロレンツィーニは、その呟きを漏らした。攻撃できないもどかしさが、口を衝いて出たのだ。

「焦りは禁物ですよ、艦長。潜水艦乗りに大事なのは、辛抱強さです」

「そうだな。航海長の言う通りだ」

笑い混じりの声で言った航海長マリオ・ペルボーニ兵曹長に、ロレンツィーニは頷いた。

ラ・スペツィア軍港で会ったUボートの艦長も、ペルボーニと同じことを言っていたものだ。

辛抱強さのおかげで、日本海軍の正規空母二隻を撃沈できたのだ、とも。

焦りは、任務の失敗を招くだけではない。自身と部下に死をもたらす。

地中海の海底には、古代ギリシャやローマ帝国の軍船から、今回の大戦で撃沈された艦まで、多くの船が眠っているが、その仲間に加わりたくはない。

今は、機会を待つことだ。

時計の針が正午近くまで進んだとき、ようやく好機が訪れた。

「敵艦の推進機音、急速に増大。全艦が、速度を上げた模様！」

「しめた」

水測室からの報告を聞き、ロレンツィーニは好機が来たと確信した。

敵の全艦が速力を上げた以上、こちらの推進機音を聞きつけられる恐れはない。

ロレンツィーニはペルボーニに下令した。

「潜望鏡深度まで浮上！」

第三艦隊第二部隊は、対空戦闘の真っ最中だった。

パレルモ攻撃から帰還した第二次攻撃隊の収容にかかったとき、ドイツ軍の双発爆撃機——デ・ハビランド「ヴュルガー」が、低空からの突撃を開始したのだ。

「収容作業、一時中止！」

「全艦、対空戦闘！」

第二部隊の指揮を執る角田覚治四航戦司令官が大《だい》音声《おんじょう》で下令し、飛行甲板に脚を降ろそうとしていた帰還機が、慌てたように上昇を開始する。

低空で待機していた直衛の炎風が、次々とエンジン・スロットルを開き、ヴュルガーに立ち向かう。

「攻撃隊帰還機は、第一部隊に向かえ」

「第一部隊に通信。『我、敵機の攻撃を受く。攻撃隊帰還機の収容を願いたし』」

角田は、矢継ぎ早に指示を送る。

攻撃隊帰還機の中には、損傷機や燃料がなくなりかかっている機体、搭乗員が負傷している機体があると考えられる。敵機の攻撃が終わるまで、彼らを母艦に下ろすことはできない。

ここは、三〇浬離れた海面にいる第一部隊に収容を依頼するのが得策だ。

「司令官、高度三〇《サンマル》の直衛機は、現高度を維持させましょう」

「よかろう。直衛機に命令を送れ」

奥宮正武航空参謀の具申に、角田は即答した。

昨日は、英軍S部隊の直衛機が低空で飛来したヴュルガーに引きつけられている隙を、高空から来襲した四発重爆に衝かれ、空母「イラストリアス」沈没、「ヴィクトリアス」「コロッサス」損傷の被害を受けている。

奥宮は、「イラストリアス」を撃沈した大型爆弾が、「大龍」や「神龍」を襲う事態を警戒したのだ。

低空では、早くも炎風とヴュルガーの戦闘が始まっている。

ヴュルガーの前上方から突っ込んだ炎風が、両翼一杯に発射炎を閃かせ、網を投げるようにして一二・七ミリ弾を放つ。

コクピットに被弾したヴュルガーが、はたき落とされるようにして海面に突っ込み、エンジン一基を破壊されたヴュルガーは、炎と黒煙を引きずりながら墜落する。

正面攻撃で墜としたヴュルガーは二機だけだ。

ヴュルガーを仕留め損ねた炎風は、急角度の水平旋回をかけ、敵機の後方から食らいつく。

距離は、すぐには縮まらない。

何機かの炎風が一二・七ミリ機銃を発射するが、距離が遠いためか、ヴュルガーが火を噴くことはない。

速度性能は、炎風と同等のようだ。

過去に戦ったメッサーシュミットＢｆ１１０やユンカースＪｕ88よりも手強《てごわ》い相手だった。


輪型陣の外郭を固める戦艦、巡洋艦、駆逐艦が、一二・七センチ高角砲を水平に近い射角まで倒し、砲声を轟かせる。

「面舵！」

「大龍」艦長青木泰二郎《あおきたいじろう》大佐が、敵機と艦の相対位置を見極め、航海長三浦義四郎《みうらよししろう》中佐に下令する。

「おもぉかぁーじ！」

三浦が操舵室に指示を送るが、「大龍」はすぐには艦首を振らない。艦は、直進を続けている。

「『雲鳳』『瑞鳳』面舵！」

艦橋見張員が、僚艦の動きを報告する。

米国から買い入れた小型空母「雲鳳」と、給油艦改装の「瑞鳳」が、一足《ひとあし》先に回避運動に入ったのだ。

両艦とも、基準排水量は「大龍」の三分の一以下であり、舵の利きも早い。艦首を大きく振り、海面に円弧を描きながら、回避運動を開始する。

「雲鳳」「瑞鳳」に続いて、「隼鷹」「飛鷹」が艦首を右に振る。

日本郵船《にほんゆうせん》の豪華客船を、建造途中で海軍が買収し、空母として完成させた艦だが、基準排水量が「大龍」の三分の二であり、縦横比《じゅうおう》も小さいため、舵の利きが早いようだ。

「敵七機、右六〇度！　本艦に向かって来ます！」

見張員が新たな報告を上げるや、青木が下令した。

「面舵一杯！」

「面舵一杯。急げ！」

三浦が操舵室に下令する。

直後、「大龍」が艦首を大きく右に振り始めた。

予め面舵か取舵を切っておき、頃合いを見て「面舵一杯」か「取舵一杯」を命じれば、舵が利くのが早くなる。

何度も空襲を受け、対空戦闘を行った経験から、青木が身につけた操艦術だ。

米国が建造し、日本に売却された世界最大の空母は、海面を弧状に切り裂きながら艦首を振ってゆく。

対空砲火を突破したヴュルガーが、「大龍」に突っ込んで来た。

「戻せ。舵中央！」

「艦長より砲術、撃ち方始め！」

青木が、二つの命令を発する。

「戻せ。舵中央！」

三浦が操舵室に指示を伝え、この直前まで右舷側に回頭していた「大龍」の巨体が、身震いしながら直進に戻る。

一二・七センチ両用砲が火を噴き、次いで一二・七ミリ機銃に替えて装備された四〇ミリ機銃、二〇ミリ機銃が射撃を開始する。

ヴュルガー一機が高角砲弾の弾片を浴び、機首を大きく下げて海面に落下する。

続いて一機が、火箭の中に自ら飛び込む形になり、右主翼のエンジンを粉砕されて火だるまになる。

残った五機は、四〇ミリ弾、二〇ミリ弾の猛射をものともせず、真正面から挑みかかって来た。

「大龍」の飛行甲板の真上で、あるいは艦橋や煙突をかすめるようにして引き起こしをかけ、離脱する。

敵機の動きに合わせて機銃座が旋回し、逃がさじとばかりに撃ち続ける。

「大龍」の周囲で、続けざまに爆発が起こり、飛沫が上がった。

ヴュルガーが投下した爆弾が、海面に激突し、炸裂したのだ。

右舷側海面で二発が炸裂したかと思えば、左舷側に弾着の飛沫が上がる。

かと思えば、艦の後方からも、炸裂音が伝わる。

ほとんどは、至近距離への弾着だ。「大龍」はぎりぎりのところで、被弾を免れている。

敵の刃《やいば》を紙一重《かみひとえ》でかわす、剣豪《けんごう》の動きを思わせた。

最後の一発が外れたとき、角田は自身の旗艦が危機から脱したことを悟った。

配備された当初は、被弾損傷することが多く、「何と運の悪い艦だ」と思ったこともあるが、戦場が地中海に移ってからは、被弾を許していない。

アデン湾や紅海における被弾損傷は、「大龍」にとっての厄落《やくお》としだったのかもしれない。

「他艦の状況はどうだ？」

角田が確認を求めたとき、予想外のことが起きた。

低空でヴュルガーと戦っていた炎風の一機が、海面すれすれまで舞い降り、射弾を放ったのだ。

その周囲に、敵機はいない。炎風は、何もない海面を銃撃している。

何かを敵機と見間違えたのか、と思ったとき、小田切首席参謀が泡《あわ》を食ったような声で叫んだ。

「司令官、潜水艦です！」

「マルコーニ」が海面に潜望鏡を突き出したとき、対空戦闘はたけなわとなっていた。

丸く、狭い視界の中でも、激しい戦闘が行われていることが分かる。

日本軍の艦艇は、急速転回しながら、艦上に多数の発射炎を閃かせている。

駆逐艦とおぼしき小型艦艇も複数見える。

潜望鏡を上げるのは、数秒に留めるのが鉄則だが、日本艦隊に潜水艦を警戒する余裕は全くないようだ。フェデリコ・ロレンツィーニ艦長は敵の混乱を利用して、潜望鏡を上げ続けている。

「マルコーニ」の艦内には、敵艦多数の推進機音と、艦体が海面を切り裂く水音が伝わって来る。

ロレンツィーニの耳には、砲声や機銃の連射音までが聞こえるような気がした。

「前部発射管目標、左前方の敵空母。後部発射管目標、右後方の敵巡洋艦。前部発射管目標、左三〇度、距離一〇〇〇、速力二五ノット。後部発射管目標、右一三五度、距離一二〇〇、速力二五ノット！」

ロレンツィーニは潜望鏡を下ろし、魚雷の発射管制を担当するカルロ・パスコリ中尉に下令した。

マルコーニ級は雷撃力が高く、前部と後部に五三・三センチ魚雷発射管四門ずつを装備している。

前方と後方に四本ずつの魚雷を発射し、複数の目標を同時に攻撃するのだ。

「前部発射管目標、左三〇度の敵空母。後部発射管目標、右一三五度の敵巡洋艦。前部、後部の順で発射します」

パスコリが復唱を返し、発射管室に指示を送る。

「前部発射管、一番から四番まで準備よし」

「後部発射管、五番から八番まで準備よし」

前後の発射管室から報告が届く。

どこか、戸惑《とまど》い気味のようだ。前後の発射管合計八門を一度に使用する機会など、ほとんどないためだろう。

「発射管注水。発射管前扉開け」

「発射管注水。発射管前扉開きます」

ロレンツィーニの指示を、パスコリが前後の発射管室に伝える。

指示を送る間も、ロレンツィーニは敵艦の動きから目を離さない。

白昼、潜望鏡を長時間上げ続けるのは危険だが、敵は目下《もっか》対空戦闘に忙殺《ぼうさつ》されている。潜望鏡が発見される危険はほとんどないと睨んだ。

「発射管前扉よし。前部は八秒後に発射。後部は一七秒後に発射します」

パスコリが報告し、秒読みが始まる。

敵が「マルコーニ」に気づいた様子はない。どの敵艦も、回避運動と対空射撃で手一杯だ。

八秒が経過し、パスコリが「ゼロ！」と告げた。

「一番、二番発射。続いて三番、四番発射」

ロレンツィーニは、落ち着いた声で命じた。

パスコリが発射レバーを引き、「マルコーニ」の艦体が僅かに震えた。

秒読みは、なおも続いている。

次は、後部発射管の四本を放つのだ。

ロレンツィーニは再び潜望鏡を上げ、後方に向けた。

海面に上がった線上の飛沫が眼前に迫り、ハンドルに衝撃が伝わった。潜望鏡の視界が真っ暗になった。

（いかん……！）

ロレンツィーニは、何が起きたのかを悟った。

敵が混乱しているといっても、潜望鏡を上げ続けたのは無警戒過ぎた。潜望鏡が敵機に発見され、機銃掃射を受けたのだ。

「艦長……？」

パスコリが訝《いぶか》るような表情を浮かべた。

「潜望鏡下ろせ。秒読み続行！」

ロレンツィーニの口から、その命令が飛び出した。

艦の安全を最優先で考えるなら、急速潜航を命じるべきだが、魚雷の発射を選んだ。

「三、二、一、ゼロ！」

パスコリが命令に従い、最後まで秒読みを行った。

秒読みの間に、潜望鏡が下ろされた。

「五番、六番発射。七番、八番発射！」

ロレンツィーニは、前部の魚雷を放ったときよりも気負《きお》った声で命じた。

艦が、再び身を震わせた。

「マルコーニ」は、前部と後部合計八本の五三・三センチ魚雷を放ったのだ。

「急速潜航、宜候！」

ロレンツィーニの命令に、ペルボーニが復唱を返した直後、

「海面に着水音！」

水測室から、切迫した声で報告が飛び込んだ。

「総員――」

ロレンツィーニが全乗員に命じようとしたとき、凄まじい衝撃が艦全体を襲った。

内殻が引き裂かれる、けたたましい音が伝わった。

白く泡立ちながら、艦内に奔入《ほんにゅう》した海水が、絶叫や悲鳴を上げる「マルコーニ」の乗員たちを、ひとしなみに呑み込んだ。


「哨戒機、敵潜を攻撃中！」

見張員の報告が、第四航空戦隊旗艦「大龍」の艦橋に上げられたが、四航戦司令部にも、「大龍」の青木泰二郎艦長にも、そのことを気にとめている余裕はなかった。

最初に、敵潜に銃撃を加えた炎風から、

「雷跡、貴艦に向かう！」

との急報が届いたのだ。

空襲は終息に向かっているが、陣形は回避運動によって乱れたままだ。

各艦は個別に、敵潜水艦の雷撃に対処する以外にない。

「取舵一杯。急げ！」

「とぉーりかぁーじ、一杯！」

青木泰二郎艦長の命令を受け、三浦義四郎航海長が操舵室に指示を送る。

だが「大龍」は、敵機に艦首を正対させ、直進に

戻った直後だ。

舵はすぐには利かず、艦は魚雷に向けて、直進を続けている。

「航空機と潜水艦による同時攻撃とは……！」

角田覚治四航戦司令官は海面を睨み据え、唸り声を発している。

敵潜の襲撃を予期していなかったわけではないが、空襲のさなかに攻撃して来るとは予想外だった。

第三艦隊はこれまでの戦訓から、高度四〇〇〇メートル前後の高空と海面近くの低空を警戒していたが、敵は海面下から襲って来たのだ。

「雷跡左三〇度、〇五《マルゴ》（五〇〇メートル）！」

艦橋見張員が叫び声を上げた。

「大龍」は、まだ艦首を振らない。基準排水量三万六〇〇〇トンの巨体は、破局に向かって突き進んでいる。

「〇三《マルサン》！」

の報告が入ったとき、角田の目にも雷跡が見えた。

複数の航跡が、「大龍」の巨体を搦《から》め捕らんとするように、左舷前方から向かって来る。

角田が破滅を予感したとき、「大龍」の艦首が左に振られた。

ひとたび舵が利き始めれば、以後の動きは速い。艦は、左へ左へと回ってゆく。

「戻せ。舵中央」

「戻せ。舵中央！」

青木が大音声で下令し、三浦が操舵室に伝えた。

左舷側に回頭していた巨体が、激しく身震いしながら直進に戻った。

数秒後、雷跡が飛行甲板の陰に消えた。

（当たる……？）

命中を覚悟し、角田が艦橋の床を踏み締めた直後、

「雷跡二、左舷付近を通過！」

「雷跡二、右舷付近を通過！」

見張員が、歓声混じりの報告を上げた。

「なんと際《きわ》どい……！」

小田切が呆れたような声を上げ、角田も安堵の息を漏らした。

敵魚雷は、「大龍」の巨体を挟む形で通過したのだ。命中を免れたのは、ほとんど奇跡に等しかった。

「他に、雷撃を受けた艦は——」

角田が言いかけたとき、

「後部見張りより艦橋。敵魚雷、『雲鳳』に向かいます！」

新たな報告が飛び込んだ。

角田は、愕然とした。

回避運動に伴って隊列が大きく乱れ、「雲鳳」が「大龍」の後方に占位する形になった。

このため、「大龍」から外れた魚雷が「雲鳳」目がけて直進する形になったのだ。

ほどなく「大龍」の後方から、おどろおどろしい炸裂音が届いた。

「『雲鳳』被雷！　速力、大幅に低下！」

「『雲鳳』に命令。『艦ノ保全ニ努メヨ』」

後部見張員の報告が届くや、角田は即座に命じた。

「雲鳳」は、「大龍」の三分の一以下の排水量しか持たない小型空母だが、基準排水量の一万トンは重巡に匹敵する。

防水処置が適切なら、魚雷一本の命中で沈むことはないはずだ。

「『能代《のしろ》』より報告。『我、雷撃ヲ受ケルモ回避セリ』」

真下賢明通信参謀からも報告が届く。

第一二戦隊の旗艦を務める新型軽巡が、敵潜に狙われたのだ。

「第二部隊全艦に命令。回避運動を行いつつ、現海域より避退せよ」

角田は声を落ち着かせようと努めつつ、命令を発した。

「大龍」と「能代」が雷撃を受けた以上、現海面には、最低二隻の潜水艦が潜むと考えられる。

一分でも早く、この海面より離れなければ危険だ。

敵機の攻撃により、距離が離れてしまった第二部隊の各艦が、之字《のじ》運動を開始する。

駆逐艦は、敵潜の射点に当たりをつけ、捜索を開始する。

被雷し、行き足《あし》が止まった「雲鳳」には駆逐艦を付けるべきだが、当面は第二部隊の安全確保が先だ。

そのように考えていた角田の視線が、海面の一点で止まった。

五航戦の一隻——「飛鷹」の左舷側に、高々と水柱がそそり立ったのだ。

数は、一本に留まらない。二本目、三本目が続けて突き上がり、その度に「飛鷹」の艦体が激しく震える。

炸裂音は、「大龍」の艦橋にまで伝わる。魚雷が「飛鷹」の水線下に命中し、巨大な破孔を穿つ音だ。

角田には、自身の下腹を抉《えぐ》られているような気がした。

三本目の水柱が崩れたところで、「飛鷹」は動きを止めた。

被雷箇所付近から、どす黒い火災煙が立ち上っている。煙は飛行甲板や艦橋をも包み、艦全体を呑み込まんばかりだ。

(助かるまい)

角田は、そう直感した。

「飛鷹」は、軍艦として生《せい》を受けた艦ではない。豪華客船を、建造途中から空母に変更した艦であり、軍艦に比べて防御力は遥かに劣る。

魚雷三本の命中に、耐えられるとは思えなかった。

「飛鷹」の周囲では、第三一駆逐隊の「高波《たかなみ》」「巻波《まきなみ》」が敵潜の捜索を開始している。

哨戒に当たる九七艦攻も、敵潜を発見すべく、低空を低速で飛行する。

「トリンコマリー沖の惨劇が再現されたようだ」

角田は、被雷した二隻の空母を交互に見ながら言った。

セイロン島トリンコマリー沖でUボートに撃沈されたのは「赤城」と「加賀」。この日、雷撃を受けたのは「雲鳳」「飛鷹」。

正規空母と小型空母、商船改装空母の違いはあれど、被害を受けた空母の数は同じなのだ。

悪夢を見る思いだった。

「三一駆より通信。『敵潜発見。今ヨリ攻撃ス』」

真下通信参謀が報告した。

「大龍」からは、「飛鷹」を挟んで反対側に位置するため、三一駆の動きは視認できない。

敵潜が深みに潜っているためか、爆雷の炸裂音も届かない。

角田としては、「高波」「巻波」が敵潜を確実に追い詰め、撃沈するよう祈るだけだ。

いつしか海上を渡る風が強くなり、停止している「雲鳳」「飛鷹」の火災煙が吹き散らされていた。

6

シチリア攻撃の結果がはっきりしたのは、この日の午後になってからだった。

「パレルモの枢軸軍飛行場は完全に破壊。我を迎え撃つ敵機なし、か」

第三艦隊旗艦「翔鶴」の艦橋で、小沢治三郎司令長官は、一語一語の意味を確認するように、殊更ゆっくりと言った。

この日のパレルモ攻撃で、第三艦隊と英軍S部隊は、共に三度に亘って攻撃隊を繰り出した。

第一次攻撃隊は戦闘機のみの編成として敵機の掃討に努め、第二次攻撃隊は艦上爆撃機を中心に編成し、急降下爆撃によって滑走路や付帯設備を叩く。

最後に、艦上攻撃機を中心とした第三次攻撃隊を送り込んで、止《とど》めを刺したのだ。

日本軍、英軍とも、第三次攻撃隊は敵戦闘機の迎撃を一切受けず、対空砲火も散発的だったと報告されている。

「パレルモの敵飛行場は、完全に機能を失ったと判断します」

高田利種首席参謀はそのように具申し、他の幕僚たちも高田に同調していた。

「トリポリの二一、二六両航戦司令部からは、カターニア攻撃の結果報告が届いております。敵機の迎撃はなく、対空砲火も微弱だったとのことです」

内藤雄航空甲参謀が、高田に続いて報告した。

第二一、二六航空戦隊はこの日、カターニア飛行場に再攻撃をかけたが、敵機の迎撃はなく、飛行場が使用不能となっていることを確認した、と報告していた。

「ただ……我が軍も、英軍も、多大な犠牲を払いました。両軍を合わせて、いちどきに三隻もの空母を失ったのは、開戦以来初めてです」

山田定義参謀長が、沈痛な声で言った。

この日の攻撃では、角田覚治中将の第二部隊が敵機と敵潜水艦の攻撃を受け、「飛鷹」「雲鳳」の二空母を失った。

「雲鳳」の被害は、魚雷一本の命中に留まったが、浸水を食い止めるに至らず、三時間ほどで海中に姿を消したという。

連合軍は、昨日のS部隊の被害を合わせて、空母三隻沈没、二隻大破の被害を受けたことになる。

セイロン島トリンコマリーの沖で、「赤城」「加賀」を失って以来の被害だ。

「シチリアの制空権は、完全に我が方が奪取した。作戦目的は達成したのだ。シチリア攻略の準備は整ったと判断できる」

小沢は、冷徹な口調で言った。

小沢自身、空母の喪失に大きな衝撃を受けてはいたが、作戦の成否《いな》は目的を達成したか否か、だ。

第三艦隊とS部隊は、シチリア、マルタの枢軸軍飛行場を破壊し、敵航空兵力を撃滅したのだから、任務を達成したと言える。

「遣欧艦隊司令部に、作戦成功を報告しますか？」

「無論《むろん》だ」

山田の問いに、小沢は即答した。

シチリアの制空権確保に成功した後は、日英の陸軍部隊による上陸作戦が始まる。

連合軍は、イタリア本土の表門《おもてもん》とも呼ぶべき島に、第一歩を記すことになるのだ。

「気がかりなのは、敵の水上部隊が出現する可能性です」

高田が、僅かに表情を曇らせた。

イタリア海軍は、先のアレキサンドリア沖海戦で最新鋭戦艦二隻を失ったとはいえ、まだ多数の有力艦を残している。

シチリアが危ないとなれば、艦隊を繰り出し、輸送船団への攻撃を図るはずだ。

「船団は、遣欧艦隊本隊が自ら護衛に当たる。小林長官にお任せしよう」

小沢は微笑《びしょう》した。

遣欧艦隊本隊には、内地から派遣された「大和」「武蔵」が配属されている。

世界最強の戦艦二隻以上に頼もしい護衛は考えられなかった。

第五章　地中海の魔王《エルケーニッヒ》

1

「敵部隊『甲』の現在位置、パッセロ岬《みさき》よりの方位二七〇度、七五浬。敵部隊『乙』は同岬よりの方位四五度、三五浬。シラクサの真東に当たります」

航海参謀木暮寛《こぐれひろし》中佐が、机上に広げられている地中海要域図の上に、敵艦隊を示す駒《こま》を置いた。

遣欧艦隊旗艦「大和」の長官公室に、小林宗之助司令長官以下の幕僚全員が参集している。

遣欧艦隊本隊の現在位置は、シチリア島南東端にあるパッセロ岬の東南東六〇浬。

日時は一〇月二九日一七時一五分（現地時間九時一五分）。第三艦隊と英海軍S部隊によるシチリア島攻撃の翌日だ。

編成は、第一戦隊の戦艦「大和」「武蔵」、第四戦隊の重巡「愛宕」「高雄《たかお》」「摩耶《まや》」、第五戦隊の重巡「那智《なち》」「足柄《あしがら》」、第二水雷戦隊の軽巡「長良《ながら》」と駆逐艦一二隻。

遣欧艦隊の東方一二〇浬の海面には、二隊の輸送船団が付き従っている。

シチリア島の攻略を担当する日本陸軍第一四軍と英国第八軍だ。

第一四軍は第二段作戦の序盤、ジブチの攻略に当たったが、同地の守備隊はあっさり手を上げたため、兵力の消耗は少なかった。

当時の兵力は歩兵二個師団、戦車一個師団だったが、第三段作戦の開始に先立ち、歩兵二個師団が増強されている。

シチリア攻略作戦では、南岸のジェラとリカタに上陸し、北西部のパレルモと西岸のマルサラ、イタリア本土に最も近いメッシナの攻略を目指す。

英第八軍は、南東岸のシラクサ付近から上陸し、島の東半分を制圧すると共に、第一四軍と合流してメッシナに進撃する計画だ。

遣欧艦隊は敵艦隊の出現に備え、輸送船団の前方を進撃していたが、この日早朝、第二六航空戦隊の索敵機が、「敵艦隊見ユ」の報告電を打電した。

敵艦隊は二隊だ。

一隊はシチリア島の南岸沖を東進し、もう一隊は同島の東岸沖を南下している。

二隊の敵艦隊が、輸送船団の撃滅を目指していることは間違いない。

小林は、シチリア南岸沖の敵艦隊に「甲」、東岸沖の敵艦隊に「乙」の呼称を定めると共に、遣欧艦隊司令部の全幕僚を「大和」の長官公室に呼集したのだった。

「索敵機の報告によれば、『甲』は戦艦二、巡洋艦六、駆逐艦一〇、『乙』は戦艦四、巡洋艦八、駆逐艦一六となっています。発見位置から見て、『甲』はドイツ艦隊、『乙』はイタリア艦隊だと考えられます。艦型については、まだ報告がありません」

芦田優作戦参謀が言った。

「ドイツが、シチリア防衛のために艦隊を出すだろうか？　ドイツ海軍の水上部隊は、規模が小さい。特に、戦艦は虎《とら》の子《こ》だ。本国防衛のためならまだしも、イタリアの支援に貴重な戦艦を出撃させるとは考え難い」

柳沢蔵之助首席参謀の疑問提起に、英国海軍の連絡将校ニール・C・アダムス中佐が答えた。

「政治上の意図があるのかもしれません。ドイツにとり、イタリアはどんなことをしても、盟邦に繋ぎ止めておきたい国です。ドイツにイタリア防衛の意志があることを具体的な形で示すため、敢えて貴重な戦艦二隻を投入したのではないか、と考えます」

「型が不明である以上、ドイツが『ビスマルク』『ティルピッツ』を繰り出したとは断定できまい。他国から接収した戦艦かもしれぬ」

小林の言葉に、アダムスの表情が翳《かげ》ったように見えた。

英本国の降伏後、スカパ・フローやリヴァプールに残留していた英海軍の主力艦艇は、全てドイツに接収されたという。

クイーン・エリザベス級戦艦やネルソン級戦艦と戦わねばならないのか、と思ったようだ。

「索敵機に『敵ノ艦型報セ』と命じてはいかがでしょうか？　細部までは分からなくても、ドイツ製か英国製かの見分けはつけられると考えます」

白石万隆参謀長の具申に、小林は頷いた。

「いいだろう。索敵機に、命令を送ってくれ」

「索敵機に『敵ノ艦型報セ』と打電します」

藏富一馬通信参謀が復唱し、通信室を呼び出した。

「乙部隊についてはどうだろうか？」

小林の問いに、芦田が答えた。

「戦艦はリットリオ級、アンドレア・ドリア級、コンテ・ディ・カブール級の混成と考えられます」

イタリア海軍最新鋭のリットリオ級戦艦は、日本の参戦時点で三隻が配備されていたが、うち二隻がアレキサンドリア沖海戦で沈んでいる。

開戦後、更に一隻が竣工したとの情報があるが、それが正しければ、リットリオ級は二隻が健在だ。

シチリア沖に出現した四隻のうち、二隻はリットリオ級の可能性があるが、他の二隻はアンドレア・ドリア級かコンテ・ディ・カブール級と推測される、と芦田は述べた。

「リットリオ級はまだしも、他の二クラスは脅威になりません。アンドレア・ドリア級、コンテ・ディ・カブール級とも、主砲は三二センチ砲であり、火力は我が軍の金剛型より劣ります」

砲術参謀の藤田《ふじた》正路《まさみち》中佐が、安心したような口調で言った。

リットリオ級は、アレキサンドリア沖海戦で「長《なが》門《と》」「陸奥《むつ》」と互角の戦いを見せたが、「大和」「武蔵」にとっては鎧袖一触《がいしゅういっしょく》の相手だ。

まして、リットリオ級より火力、防御力共に劣る戦艦など相手にならない、と考えている様子だった。

「数は、乙部隊が優越しています。巡洋艦、駆逐艦の数も多く、侮《あなど》れる相手ではありません。また、甲、乙両部隊を合わせれば、全艦艇数で我が艦隊を圧倒します」

敵を侮るべきではない――戒《いまし》めの意を込めて、芦田は言った。

「合流されると厄介《やっかい》です。ここは、各個撃破すべきと考えますが」

「いいだろう」

白石の具申を受け、小林は大きく頷いた。

あらたまった口調で、全員に告げた。

「乙の方が、距離が近い。乙から先に叩こう」

2

「射撃指揮所より艦橋。マストらしきもの二。本艦よりの方位一〇〇度。距離三万六〇〇〇！」

イタリア艦隊旗艦「ローマ」の艦橋に、砲術長トニオ・ビアーニ中佐が報告を上げた。

一〇月二九日の一一時二二分。シチリア島パッセロ岬よりの方位一二〇度、二七浬の海面だ。

「ローマ」艦長アドーネ・デル・チーマ大佐は、左舷側に双眼鏡を向けた。

水平線の向こうから、小型艦らしき艦影が姿を現す様が遠望される。後方に、巡洋艦や戦艦が続いていることは間違いない。

「長官、日本艦隊です」

「現れたか」

チーマの言葉を受け、イタリア艦隊司令長官カルロ・ベルガミーニ大将は、唇の端を吊り上げた。

「ドイツ艦隊と合流してからと思っていたが、我が隊だけでも構わん。『リットリオ』と『ヴィットリオ・ヴェネト』の仇討ちだ」

イタリア軍最高司令部が連合軍によるシチリア侵攻の兆しを把握したのは、一〇月一三日だ。

アレキサンドリア、ポートサイドに潜む残置諜者の報告により、アレキサンドリアに日本海軍の主力部隊が集結していること、アレキサンドリア、ポートサイドに合計二〇〇隻以上の輸送船が入泊《にゅうはく》していること、エジプト領内に日本軍とイギリス軍を合わせ、一五万名以上の兵力が待機していることが判明したのだ。

イタリア軍最高司令部は、シチリアへの兵力輸送を急ぐと共に、海軍に総力出撃を下令した。

更に、統領《ドゥーチェ》ベニト・ムッソリーニの支援要請を受けたナチス・ドイツ総統アドルフ・ヒトラーが、ドイツ最強の戦艦「ビスマルク」「ティルピッツ」を地中海に派遣する旨を伝えて来た。

「ビスマルク」は一九四一年五月にイギリスの巡洋戦艦「フッド」を撃沈し、イギリス本国艦隊の追跡を振り切った後は、母港のキールで待機している。

ドイツがソ連と開戦した後は、姉妹艦の「ティルピッツ」と共にバルト海に出撃し、艦砲による陸軍部隊の支援を行ったが、地中海に姿を見せたことはない。

その「ビスマルク」と「ティルピッツ」が、イタリアの支援にやって来るというのだ。

「盟邦の艦隊の前で、無様《ぶざま》な戦いはするな。地中海では、我らこそが最強なのだと、ドイツ海軍に教えてやれ」

ムッソリーニは、自らイタリア海軍の本拠地があるタラントまで足を運び、ベルガミーニ以下の司令部幕僚や各戦隊の司令官、主だった艦の艦長らを激励している。

イタリア艦隊は出撃準備を整え、母港のタラントで臨戦待機を続けていたが、「日本艦隊、アレキサンドリアより出港」の報を受け、シチリア島の東方海上に出撃したのだ。

「観測機を発進させよ。砲戦準備」

「艦長より飛行長。観測機発進！」

ベルガミーニの命令を受け、チーマは飛行長カルロ・ロダーリ大尉に命じた。

艦橋の後方から射出音が届き、軽やかな爆音が聞こえ始める。

複葉水上偵察機のＩＭＡＭ・Ｒｏ43が、空中に放たれたのだ。

前をゆく重巡三隻、軽巡四隻の艦上からも、Ｒｏ43が射出される。艦隊の周囲に響く爆音が、小さく、遠くなってゆく。

「残置諜者の報告によれば、日本軍の戦艦二隻は、長門《ナガト》型を上回る巨艦のようです。今少し、慎重な対応が必要と考えますが」

遠慮がちに意見を述べた作戦参謀エミリオ・ベルテルリ中佐に、参謀長ピエトリーノ・コルラルト少将が言った。

「数は、こちらが優勢だ。個艦の性能よりも、数の力で圧倒するのだ」

「イギリス軍から何を吹き込まれたのか知らないが、日本軍は我々を侮っている節があるからな。それが間違いだったと思い知らせてやる」

ベルガミーニも言った。

戦艦四隻を擁するイタリア艦隊に、戦艦二隻で挑んで来たことを、ベルガミーニは「我が軍に対する侮り」と受け取ったのだ。

（奴らとて、愚《おろ》かではあるまい。戦艦二隻で充分と考えたから、出撃して来たはずだ）

長官や参謀長の言葉を脇で聞きながら、チーマは考えている。

砲火を交えてみれば、奴らの目論見もはっきりする。俺は、「ローマ」の力を信じて戦うだけだ――

チーマは自身に言い聞かせた。

日本艦隊の戦艦二隻は、既に目視できる位置に来ている。

距離があるため、細部までは分からないが、ナガト型とは艦形が異なるようだ。

艦体の横幅が、異様《いよう》なまでに広い。

（太っちょとでも呼ぶべきだな）

妙に緊張感を欠く想念が、チーマの脳裏に浮かんだ。

「観測機より受信。敵の並びは駆、巡、戦。駆は三列の複縦陣。その後方に、巡、戦の単縦陣」

通信参謀ルイジ・ペトリーニ中佐が報告を上げた。

「左砲雷戦。戦艦目標、敵戦艦一番艦」

「四隻で、敵の一隻を砲撃するのですか?」

ベルガミーニの命令を受けたコルラルト参謀長が、驚いた様子で聞き返した。敵戦艦一隻に、こちらの二隻ずつを割り当てると考えていたようだ。

「最初に旗艦を叩くのだ。東郷《トーゴー》以来の伝統を、逆手《さかて》に取ってやる」

ベルガミーニは、自信ありげに答えた。

トーゴーとは、対馬《ツシマ》沖でロシア・バルチック艦隊を壊滅させた東郷平八郎提督《アンミラーリオ・ヘイハチロー・トーゴー》を指している。

同海戦では、トーゴーの旗艦「三笠《ミカサ》」がロシア艦隊の砲火を浴びながらも、終始《しゅうし》陣頭に立ち続けた。以来、日本海軍は、指揮官先頭を実践《じっせん》し続けているという。

そこを逆に利用し、旗艦を最初に叩けば、日本艦隊は指揮官を失って混乱するはずだ、というのがベルガミーニの考えだ。

「砲戦距離はいかがなさいます?」

「二万八〇〇〇としよう」

コルラルトの問いに、ベルガミーニは即答した。

リットリオ級の三八センチ主砲は四万メートル以上の射程距離を持つが、アンドレア・ドリア級の三二センチ主砲は最大射程が三万を切っている。

四隻で砲火を集中するには、二万八〇〇〇が妥当《だとう》と考えたようだ。

「艦長より砲術。目標、敵一番艦。砲戦距離二万八〇〇〇」

「目標、敵一番艦。砲戦距離二万八〇〇〇。宜候」

チーマの命令に、ビアーニ砲術長が復唱を返した。

その間にも、彼我の距離は縮まっている。

イタリア艦隊の針路は一八〇度、日本艦隊の針路は二七〇度だ。イタリア艦隊が、T字を描く形になっている。

T字戦法の有効性を知悉《ちしつ》している日本艦隊だ。どこかで変針し、同航戦に転じるのではないか。

「敵一番艦との距離三万二〇〇〇……三万一〇〇〇……」

ビアーニが報告する。

彼我共に、まだ発砲はない。リットリオ級の三八センチ主砲も、アンドレア・ドリア級の三二センチ主砲も沈黙している。

距離が三万まで詰まったとき、

「敵艦隊、取舵！」

見張員が、緊張した声で報告した。

チーマは、敵の動きを凝視《ぎょうし》した。

日本艦隊が、先頭の駆逐艦群から順次左舷側に回頭を始めている。

「命令変更だ。『ローマ』『インペロ』射撃開始！」

「艦長より砲術。射撃開始！」

ベルガミーニが叫び、チーマもビアーニに下令した。

回頭中の艦は速力が大幅に低下し、正面からは静止目標のように見える。ベルガミーニは今なら砲撃の命中率が高くなると見たのだ。

「目標、敵一番艦。斉射を用います」

「任せる！」

ビアーニの報告に、チーマは応えた。

敵は回頭中だ。最初から斉射を用いた方が効果的だと、ビアーニは判断したのだ。

一拍置いて、「ローマ」の左舷側に巨大な火焔がほとばしった。

衝撃が全艦を揺るがし、強烈な砲声が艦橋を押し包んだ。ポンペイの街を滅ぼしたベスビオ火山の噴火もかくやと思わされるほどの轟音だった。

艦体が僅かに右舷側へと仰け反り、次いで左舷側に揺り戻される。

三八センチ主砲九門の斉射に伴う反動は、基準排水量四万一一六七トンの艦体を揺り動かすほどの力を持つのだ。

後方からも砲声が届き、後部見張員が「『インペロ』射撃開始」と報告する。

日本艦隊は、まだ回頭を続けている。駆逐艦は全艦が直進に戻り、重巡が順次回頭中だ。戦艦二隻は、依然イタリア艦隊に艦首を向けている。

その敵戦艦目がけ、二艦合計一八発の三八センチ砲弾が、時間差を置いて殺到する。

「ローマ」の射弾が落下した。

弾着と同時に、敵一番艦の正面に白い海水の壁が出現し、艦の姿を隠した。

「インペロ」の射弾も僅かに遅れて着弾し、敵艦の後方に多数の水柱を噴き上げる。

「ローマ」が二度目の斉射を放ち、「インペロ」が続いた。

雷鳴のような砲声が轟く中、チーマは敵一番艦が艦首を左に振る様をはっきりと見た。

横幅の太い艦体が大きく回頭し、右舷側をイタリア艦隊に向ける。

艦上の動きまでは分からないが、主砲塔は右に旋回し、「ローマ」か「インペロ」に狙いを定めているはずだ。

敵艦が変針を終え、直進に戻った。

真横から見る姿は、正面から見た姿と大きく異なる。艦橋、煙突、後檣《こうしょう》は艦の中央部にまとめられ、主砲塔もバランスよく配置されている。リットリオ級に劣らぬ、均整の取れた姿だ。

敵が増速するより早く、「ローマ」「インペロ」の射弾が、時間差を置いて落下した。

敵一番艦の姿を、奔騰する水柱が隠す。それが崩れたと見るや、新たな水柱がそそり立ち、再び敵艦の姿が見えなくなる。

水柱が崩れたとき、チーマは敵一番艦の後部から黒煙がなびいている様を認めた。

「ローマ」と「インペロ」、どちらの射弾かは不明だが、イタリア艦隊は最初の命中弾を得たのだ。

「砲術、その調子だ！」

チーマがけしかけるように言ったとき、敵の艦上に閃光が走った。シチリア島の名産品であるオレンジを連想させる色だった。

二隻の敵戦艦は、砲門を開いたのだ。

「ローマ」「インペロ」は、三度目の斉射を放つ。

みたび、砲声が艦橋を包み、鋼鉄製の艦体が揺らぐ。

斉射弾と入れ替わるように、敵弾が轟音と共に飛来した。周囲の大気が噴火の前兆のように鳴動し、巨弾の飛翔音が急速に拡大した。

轟音は「ローマ」の頭上を通過し、艦の右舷側に水柱が奔騰する。

距離は離れており、至近弾の爆圧も感じないが、水柱の高さ、太さは、アルプスの岩峰《がんほう》を思わせる。

敵弾の破壊力をうかがわせる代物《しろもの》だった。

「ローマ」「インペロ」の第三斉射弾が時間差を置いて落下し、奔騰する水柱が敵の巨艦を包んだ。

三万メートルの距離を隔《へだ》てての遠距離砲戦だが、「ローマ」も「インペロ」も、射撃精度は良好だ。

「観測機より報告。本艦の斉射弾、目標を挟叉《きょうさ》！」

通信長リーノ・ヌッチーオ少佐が報告を上げる。

「戦果はどうだ？」

チーマは敵一番艦を凝視した。

ナガト型を上回る巨艦だ。一発や二発の命中弾で、沈むとは思わないが、艦橋に一発でも命中すれば、ベルガミーニ長官が狙った通り、敵の指揮系統を混乱させることができる。

水柱が崩れ、敵艦が姿を現した。

被害を受けているようには見えない。「ローマ」「インペロ」の射弾は、主要防御区画の装甲鈑に撥《は》ね返されたのかもしれない。

敵戦艦二隻が、二度目の射弾を放った。

オレンジ色の火焰がほとばしり、褐色の砲煙が後方に流れる。

「ローマ」「インペロ」も、通算四度目の斉射を放つ。

九門の三八センチ砲が咆哮し、反動を受けた艦体が震える。

弾着は、ほとんど同時だった。

敵一番艦の周囲で、海面が盛り上がった直後、「ローマ」の右舷至近で海が弾け、巨大な海水の柱が突き上がった。

「……!」

チーマは声にならない叫びを上げ、ベルガミーニやコルラルトも驚愕の声を発した。

直撃はなかったものの、強烈な爆圧が突き上げ、「ローマ」の巨体を上下に揺り動かしたのだ。

ローマ神話に登場する海神《ネプチューン》が艦底部に手をかけ、持ち上げようとしているように感じられた。

「この衝撃はいったい……」

コルラルトが茫然とした声を上げたとき、艦の後方から、これまで耳にしたことのない、巨大な炸裂音が届いた。

「『インペロ』轟沈《ごうちん》!」

ほとんど絶叫と化した後部見張員の声が、艦橋に届いた。

「ご、轟沈だと? 『インペロ』がか?」

ベルガミーニが悲鳴じみた声で叫んだ。

イタリア海軍最新鋭にして最強のリットリオ級が轟沈したことが、信じられない様子だった。

(『フッド』と同じだ)

チーマは、僚艦に起きた事態をそのように推測している。

ドイツ戦艦「ビスマルク」と撃ち合ったイギリス巡戦「フッド」は、主砲弾火薬庫に直撃を受け、誘爆を起こして轟沈した。

「インペロ」にも、同じことが起きたのだ。

だがリットリオ級は、主砲塔と弾火薬庫、機関区画を分厚い鋼鈑で囲んでいる。水線部の舷側は三五〇ミリの厚さを持ち、決戦距離から発射された三八センチ砲弾の直撃にも耐えられるとの触れ込みだ。

四〇センチ砲弾であっても、一撃で弾火薬庫までの貫通を許すとは思えない。

それを容易《たやす》く貫通するとは、敵の主砲口径は四〇センチを超えているのか。

僚艦轟沈の混乱が収まらぬ中、「ローマ」は第五斉射を放っている。

先の第四斉射弾は、目立った成果を上げていない。

敵一番艦は依然健在だ。

とにかく、戦い続ける以外にない。

「ローマ」の斉射弾と入れ替わりに、敵一番艦の射弾が轟音と共に落下した。

弾着の瞬間、至近弾とは比較にならない衝撃が襲いかかり、「ローマ」の巨体が、上下左右に激しく揺さぶられた。

「第三砲塔大破。弾火薬庫に注水します！」

ビアーニが報告を送る。主砲弾火薬庫の誘爆は避けられたものの、「ローマ」は、主砲火力の三分の一を失ったのだ。

「砲撃続行！」

チーマが命じたとき、

「『カイオ・デュイリオ』に至近弾！　敵二番艦、目標を変更した模様！」

後部見張員から報告が届いた。

「ローマ」は、残された二基の主砲塔で第六斉射を放つ。

砲声も、斉射に伴う反動も、これまでより小さい。

それでも六門の三八センチ主砲は、変わることなく咆哮を上げる。

敵一番艦の艦上にも、新たな発射炎が閃いた。

閃光は、これまでより大きい。敵艦は、弾着修正用の交互撃ち方から斉射に切り替えたのだ。

(有効だったのは一発だけか)

冷厳な事実を、チーマは悟っている。

第二斉射では、敵の後部に命中弾を得、火災を起こさせることに成功した。

だが第三斉射以降は、敵艦にほとんど損害を与えられなかった。

おそらく、主要防御区画の分厚い装甲鈑が貫通を許さなかったのだ。

日本海軍の新型戦艦は、「リットリオ」「ヴィットリオ・ヴェネト」を沈めたナガト型を遥かに凌駕する強敵だった。想像を超えた怪物だったのだ。

「ローマ」の第五斉射弾が落下し、新たな水柱が敵一番艦を包んだ。

戦果を確認するより早く、敵一番艦の斉射弾が飛来した。

飛翔音の大きさは、これまでとは比較の段ではない。空そのものが落下して来るような轟音だ。

至近弾落下に伴う動揺がネプチューンの揺さぶりなら、斉射弾の落下は雷神《ジュピター》が天空から投げ下ろす雷《いかづち》だった。

(駄目だ……!)

チーマは、艦と乗員の命運《めいうん》が尽きたことを悟った。

実力の違い過ぎる相手だった。ベルガミーニ長官の目論見など、通用するはずもなかった——そんな思いが脳裏を駆け巡ったとき、衝撃と共に、白光《びゃっこう》が全世界を包んだ。

3

「合流するまで、待てばいいものを……」

ドイツ大海艦隊司令長官ギュンター・リュッチェンス中将は、苦り切った口調で言った。

大海艦隊司令部はたった今、イタリア艦隊からの報告電を受け取ったばかりだ。

シチリア島パッセロ岬の東南東海上で、戦艦二隻を擁する日本艦隊と撃ち合った結果、戦艦「ローマ」「インペロ」「カイオ・デュイリオ」が沈没し、残存艦は退却したという。

イタリア艦隊が大海艦隊と合流すれば、戦艦の数は六隻となり、日本艦隊を圧倒できたはずだ。

にも関わらず、ベルガミーニは何故合流を待てなかったのか。

「イタリア艦隊だけで勝てると判断したのかもしれません。戦艦は四対二と、数の上では倍の戦力がありましたから」

「重大な判断ミスだ」

参謀長ヨハン・レッシング大佐の沈痛な言葉に、リュッチェンスは苦り切った声で言った。

ベルガミーニは、自軍だけで日本艦隊に挑んだ結果、自らの命ばかりではなく、戦艦三隻とその乗員を無為《むい》に失い、シチリア島を重大な危機にさらしたのだ。

「日本艦隊には、どの程度の損害を与えたのでしょうか？　戦艦四隻で、二隻に挑んだのです。敵が無傷とは考え難いのですが」

「ビスマルク」艦長テオドール・クランケ大佐が疑問を提起した。

初代「ビスマルク」艦長エルンスト・リンデマン大佐に続く、二代目の艦長だ。

「ビスマルク」艦長に異動する前は、装甲艦「アドミラル・シェーア」の艦長として通商破壊戦に従事していたためか、敵戦力の見極めには慎重だ。

「イタリア艦隊の情報によれば、敵戦艦の一番艦に主砲弾数発の命中を確認したとのことです。ただし、敵艦の火力、速力とも衰えた様子はなかったと伝えています」

作戦参謀のクラウス・フェルドマン中佐が答えた。

「リットリオ級の三八センチ砲弾を複数被弾したにも関わらず、無傷だったのか？」

「敵艦隊は、針路、速度共衰えることなく、西進しているとの情報もあります。無傷とは言わないまでも、損害は軽微であり、戦闘・航行に支障はないと考えられます」

「三八センチ砲弾の直撃に耐える艦、か。しかも二対四の砲戦を制し、イタリア戦艦三隻を撃沈した」

リュッチェンスは、イタリア艦隊に起きたことを確認するように、殊更ゆっくりと言った。

「事実から導き出される答は、一つしかない。日本軍の戦艦二隻は、非常に強力だということだ。数が互角なら、個艦性能の差が勝敗を左右する」

全幕僚やクランケ艦長に言い聞かせるように、リュッチェンスは言った。

大海艦隊の戦力は、戦艦が「ビスマルク」と「ティルピッツ」の二隻。

護衛として、重巡三隻、軽巡四隻、駆逐艦一二隻が付く。

報告されている日本艦隊の戦力は、戦艦二隻、重巡五隻、軽巡一隻、駆逐艦一二隻。

戦艦、駆逐艦は互角であり、重巡では日本軍が、軽巡ではドイツ軍が、それぞれ優勢だ。

ただし日本軍の戦艦二隻は、イタリアの最新鋭戦艦二隻を一蹴した艦だ。

ビスマルク級戦艦の火力がリットリオ級とほぼ同等であることを考えれば、不利は否めない。

リュッチェンスは、「ライン演習」と呼称された二年前の作戦で、「ビスマルク」と重巡洋艦「プリンツ・オイゲン」のみを率い、北大西洋に打って出た経験を持つ。

イギリス軍の戦艦「プリンス・オブ・ウェールズ」、巡洋戦艦「フッド」と遭遇したときには、果敢《かかん》に砲戦を挑み、「フッド」撃沈、「プリンス・オブ・ウェールズ」撃破の戦果を上げたが、イギリス本国艦隊が総力を挙げて「ビスマルク」を追って来たときには戦いを避け、キールに逃げ込んでいる。

「ドイツ海軍でも五指《ごし》に入る戦闘指揮官」との評価を受け、二年以上に亘って大海艦隊の指揮を委ねられているリュッチェンスだが、勝てる相手かどうかは、慎重に見極めているのだ。

「戦闘を避け、撤退するのも、一つの選択かと考えます」

クランケが言い、レッシングも同調した。

「元々、地中海戦域はイタリア海軍の担当です。イタリア艦隊が退却してしまった現在、我が軍が参陣《さんじん》する意義はなくなったと考えますが」

リュッチェンスはかぶりを振った。

「我々の目的は、イタリア艦隊の応援ではない。シ

ドイツ海軍 ビスマルク級戦艦「ビスマルク」

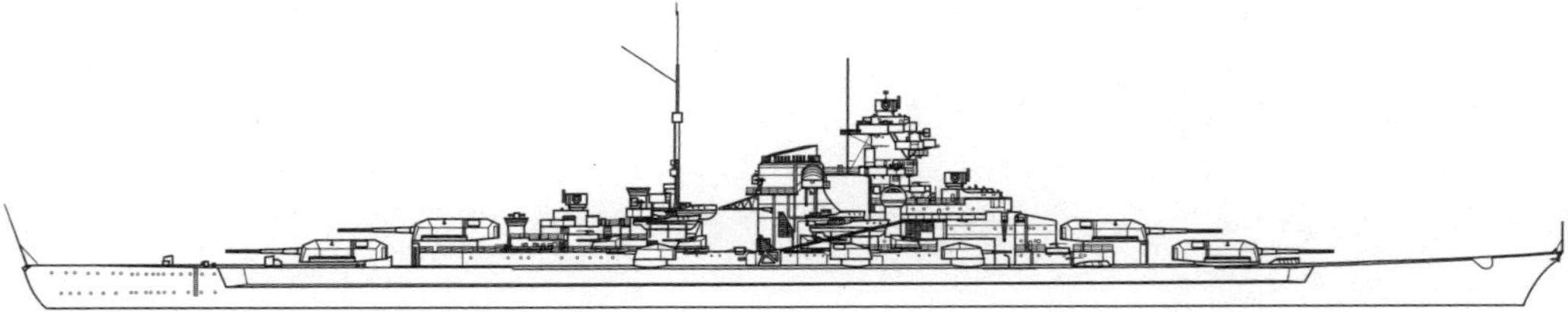

全長	251.0m
最大幅	36.0m
基準排水量	41,700トン
主機	ギヤードタービン 3基／3軸
出力	138,000馬力
速力	29ノット
兵装	38cm 47口径 連装砲 4基 8門
	15cm 55口径 連装速射砲 6基 12門
	10.5cm 65口径 連装高角砲 8基 16門
	37mm 83口径 連装機関砲 8基
	20mm 4連装機銃 2基
	20mm 単装機銃 12丁
航空兵装	水上偵察機 4機／射出機 1基
乗員数	2,092名
同型艦	ティルピッツ

ビスマルク級戦艦の一番艦。1936年7月1日起工、1939年2月14日進水、1940年8月に竣工した。イギリスのキング・ジョージ五世級戦艦、フランスのダンケルク級戦艦に対抗できる戦艦として計画されている。設計期間短縮のため「バイエルン級戦艦」の設計を流用しているが、38センチ砲による大火力と、それに相応しい防御力に加え、29ノット以上の高速力をもち、新時代の戦艦のなかでも攻守ともにバランスの取れた良艦と言われる。ことに航空機から投下される爆弾への対応として、水平防御を重視した装甲が施されていること、強力な対空火器を装備したことは、航空機のさらなる発達を見越した設計と言われ、列強の以後の建艦計画に影響を与えている。

チリア島、ひいてはその先にあるイタリア本土を連合軍の侵攻から守り、イタリアを我がドイツの同盟国に繋ぎ止めておくことだ。総統閣下も、そのように考えておられるからこそ、敢えて大海艦隊を地中海に派遣したのだ。我々が戦わずして退《ひ》けば、イタリアが同盟から落伍《らくご》するばかりではない。最悪の場合には、連合国に追いやりかねぬ。事実、イタリア国内では、反ムッソリーニ派の動きが活発化しているとの情報もある」

リュッチェンスは出撃前、海軍総司令官エーリヒ・レーダー元帥から、

「我がドイツにイタリア防衛の意志があると示すためには、イギリスやフランスから接収した艦ではなく、ドイツの艦を地中海に派遣する必要がある。大海艦隊の出撃は、総統閣下の御意志なのだ」

と言い渡されている。

イタリア艦隊の動きには腹立たしさを覚えるが、この戦いが枢軸国全体のためであることを考えれば、撤退するわけにはいかない。

「シチリア防衛を第一に考えるなら、日本艦隊と正面から戦うのではなく、後方にいる輸送船団を叩いてはいかがでしょうか？」

クランケが具申した。

地中海における敵の動きについては、イタリア空軍の航空偵察と、Uボートからもたらされる情報によって、ある程度判明している。

連合軍の上陸部隊を乗せた輸送船団は、日本艦隊と一〇〇浬の距離を隔てて、シチリアに向かっているとのことだ。

この船団を叩けば、連合軍のシチリア侵攻は瓦解《がかい》する。

戦略的には、日本艦隊との正面対決よりも有意義だが——。

「日本艦隊の後方に回り込んだ場合、空襲を受ける危険があります」

フェルドマン作戦参謀が反対意見を唱えた。

連合軍はイタリア領リビアを制圧した後、トリポリ、ベンガジに航空部隊を進出させている。

大海艦隊が日本艦隊を迂回し、船団攻撃に向かった場合、途中で敵機に捕捉される可能性がある。

「作戦参謀の言う通りだ」

リュッチェンスは首肯《しゅこう》した。

リュッチェンス自身は、戦艦の威力と「ビスマルク」「ティルピッツ」を建造したドイツの技術を信じているが、航空機の力を軽視してはいない。

「ビスマルク」がイギリス本国艦隊に追跡されたとき、艦上機のフェアリー・ソードフィッシュに雷撃を受け、魚雷一本が艦尾をすれすれにかすめている。

キールに帰還した後、航海長に、

「命中していたら、舵を破壊され、操舵不能に陥った可能性があります」

と言われ、背筋が寒くなったものだ。

以来リュッチェンスは、「航空機には充分な警戒が必要」と認識していた。

「日本艦隊と、正面から対決しますか？」

レッシングの問いに、リュッチェンスは少し考えてから答えた。

「いや、船団を叩こう。作戦目的がシチリアの防衛である以上、優先順位は自ずと決まる」

「敵艦隊の後方に回り込みますか？」

「わざわざ、こちらから出向くことはない。待っていれば、敵はシチリアまでやって来る」

4

「電探、感三。方位一九五度、二八〇《フタハチマル》〇（二万八〇〇〇メートル）！」

遣欧艦隊旗艦「大和」の艦橋に、電測室からの報告が上げられた。

「来たか！」

「来ましたな」

小林宗之助司令長官と白石万隆参謀長は顔を見合

わせ、頷き合った。

二人とも、やはり、と言いたげな表情を浮かべている。

一〇月三一日四時二六分（現地時間一〇月三〇日二一時二六分）。

シチリア島の南岸沖だ。

現地時間三〇日の午前、帝国陸軍第一四軍が同島のリカタとジェラに、英国陸軍第八軍が南東岸のシラクサに、それぞれ上陸を開始した。

海岸における枢軸軍の抵抗は微弱であり、日本軍、英軍共に、易々《やすやす》と上陸に成功した。

現在は、揚陸作業の真っ最中だ。

遣欧艦隊は、揚陸中に敵艦隊の襲撃がある可能性を考慮し、リカタとジェラの中間で、警戒に当たっていた。

友軍の現在位置は、全て把握している。

船団も、護衛艦艇も、全てリカタ、ジェラ、シラクサの海岸付近だ。

「大和」の電探が捉えた目標が、敵艦隊であることは間違いなかった。

「合戦準備、夜戦に備え！」

「船団に通達。揚陸作業中止。荷下ろしを終えた艦は、海岸に沿って避退せよ」

小林は、矢継ぎ早に二つの命令を下令した。

「大和」の艦上に、新たな動きは起こらない。

敵の出現を予期し、全乗員が臨戦状態で待機していたのだ。

「敵は『甲』でしょうか？」

「大型艦の数が分かれば、はっきりします」

柳沢蔵之助首席参謀の問いに、芦田優作戦参謀が答えた。

一〇月二九日に発見された二隊の敵艦隊のうち、「乙」ことイタリア艦隊は、「大和」「武蔵」の巨砲によって撃退した。

「大和」は敵戦艦二隻の砲火を浴び、艦尾の射出機や飛行甲板を破壊された他、右舷側の高角砲や機銃座にも被害を受けたが、艦の生命とも呼ぶべき主砲塔や射撃指揮所は無事であり、戦闘、航行とも支障なしと判断された。

残った「甲」――シチリア島の南方海上を東進していたドイツ艦隊は、イタリア艦隊の敗報を受けたためか、針路を二七〇度、すなわち真西に向け、避退する動きを見せた。

「敵は避退すると見せかけて、我が艦隊を大きく迂回し、船団を狙う可能性が考えられます」

芦田はそのように具申し、天谷孝久航空参謀も、

「索敵を強化し、敵艦隊の捕捉に努めるべきです」

と主張した。

このため、トリポリに展開する第二一航空戦隊の偵察機がドイツ艦隊の捜索に当たったが、敵艦隊が遣欧艦隊の後方に回り込んで、船団を攻撃することはなかった。

「敵は、上陸時を狙って攻撃して来る可能性があります」

そのように推測したのは、陸軍参謀の岸川公典中佐だ。

一旦上陸が始まれば、船団は物資の陸揚げが終わるまで、海岸に釘付けとなる。

敵から見れば、上陸部隊撃滅の好機だ。

小林は岸川の具申を容れ、敵艦隊がリカタとジェラのどちらを攻撃しても即応《そくおう》できるよう、遣欧艦隊を待機させた。

電探にかかった敵がドイツ艦隊なのか、あるいはイタリア艦隊の残存部隊が態勢を立て直して来襲したのかは分からない。

ただ、ドイツ艦隊の戦艦は二隻、イタリア艦隊の残存戦艦は一隻だ。

戦艦の数が判明すれば、敵の正体もはっきりする。

「電測、敵の艦種分かるか？」

「大型艦が二隻いるようです」

「大和」艦長大野《おおの》竹二《たけじ》大佐の問いに、電測長水谷英《みずたにえい》二《じ》大尉が即答した。

「ドイツ艦隊ですね」

「『ビスマルク』と『ティルピッツ』のお出ましか」

柳沢の言葉を受け、白石が敵戦艦の艦名を口にした。

二隻のビスマルク級戦艦は、現時点におけるドイツ海軍最強の戦艦だ。火力、防御力は「大和」「武蔵」が優るが、夜間の近距離砲戦となれば、ビスマルク級の三八センチ主砲もかなりの威力を発揮する。

「電測、敵との距離、及び敵の針路報せ」

「距離二六〇《フタロクマル》（二万六〇〇〇メートル）。針路一五度」

大野の問いに、水谷が報告を返す。

「敵は、ジェラの船団を狙っています」

木暮寛航海参謀が言った。

二箇所の上陸地点のうち、東に位置する方だ。

「ジェラを狙うと見せて、シラクサの英軍を狙う可能性はないでしょうか？」

「それなら、まっすぐ東に向かうはずです。ジェラを目指していると見て、間違いないでしょう」

柳沢の問いに、木暮は答えた。

「上陸地点の手前で迎え撃とう。観測機発進。艦隊針路一七〇度」

小林は断を下した。

陸地に近い場所で迎撃すれば、敵に船団への突入を許す危険がある。

できる限り、船団から離れた場所で敵を撃滅するというのが、小林の狙いだ。

「艦長より通信。『瑞穂』に要請。『観測機を発進されたし』」

「航海、針路一七〇度」

大野が通信長土手《どて》義勝《よしかつ》中佐と航海長植村正夫《うえむらまさお》中佐に命じた。

「大和」はイタリア海軍との戦闘で、艦載機が使用不能となったため、第六対潜戦隊の水上機母艦「瑞穂」から観測機を借りることになっていた。

「大和」の左舷側に布陣する第四、第五戦隊の重巡が、観測機の射出を開始する。

「大和」の通信室からは「艦隊針路一七〇度」の命令が飛び、植村航海長は操舵室に「取舵一杯。針路一七〇度」を下令する。

この直前まで、リカタとジェラの間を遊弋していた遣欧艦隊本隊は、針路を一七〇度に取り、敵艦隊を指して南下を開始する。

この日は新月であるため、空に月明かりはない。

雲は少なく、無数の星々が夜空を彩っているが、海面に光は乏しい。

各艦は、信号灯で相互に連絡を取り合いながら、敵艦隊に向かって南下する。

「対空用電探、感一。敵らしき機影、一九五度より接近」

「敵の観測機です」

水谷電測長の新たな報告を受け、天谷航空参謀が言った。

「対空射撃を命じますか?」

「夜間に撃っても当たるまい」

白石の問いに、小林はかぶりを振った。

(本艦と『武蔵』の威力に、相当な自信をお持ちのようだ)

芦田は、小林の胸の内を推測した。

敵の観測機など放っておけ。ビスマルク級の三八センチ砲では、「大和」「武蔵」の装甲は貫通できぬ――二隻の戦艦に対する信頼が、表情から見て取れた。

水谷が報告を上げる。

「敵距離二〇〇《フタマルマル》……一九〇《ヒトキュウマル》……一八〇《ヒトハチマル》」

敵の艦影は見えず、彼我共に発砲もない。

遣欧艦隊も、ドイツ艦隊も、沈黙したまま、闇《やみ》の底で距離を詰めている。

「『武蔵』一号機より報告。『敵の並びは巡三、戦二』」

「巡洋艦三隻、戦艦二隻だと?」

土手通信参謀の報告を受けた白石が首を傾げた。

巡洋艦の数が少ないことと、駆逐艦がいないことに疑問を抱いたようだ。

「この暗さです。軽巡や駆逐艦は、視認が困難なのでは？」

柳沢が発言し、小林も言った。

「もう少し近づけば、はっきりするだろう。焦ることはない」

やり取りをしている間にも、艦隊は前進を続け、

「距離一七〇《ヒトナナマル》……一六〇《ヒトロクマル》……」と、水谷が報告を上げる。

距離が一万四〇〇〇まで詰まったとき、

「敵艦隊面舵！ 一〇五度に変針！」

水谷が、緊張した声で報告した。

「艦隊針路一二〇度！」

「右砲雷戦！」

小林が、すかさず下令する。

ドイツ艦隊が丁《てい》字を描きにかかったと見ての変針命令だ。距離を詰めながらの同航戦になる。

「大和」の通信室から全艦に、変針の命令が飛ぶ。

「取舵一杯。針路一二〇度」

「取舵一杯。針路一二〇度！」

大野の命令を、植村が操舵室に伝える。

前方を行く第二水雷戦隊が真っ先に変針し、第四、第五戦隊の重巡が続く。

「大和」も、艦首を大きく左に振る。

基準排水量六万四〇〇〇トンの巨体が敵艦隊に右舷側を向け、主砲塔は右に旋回する。

イタリア艦隊との戦闘ではリットリオ級一隻を葬り去った巨砲が、新たな敵に向けられてゆく。

「長官、射撃目標と砲戦距離を御指示願います」

「『大和』目標一番艦。『武蔵』目標二番艦。砲戦距離一〇〇《ヒトマルマル》（一万メートル）」

白石の言葉に、小林は即答した。

月明かりがない夜間だ。それ以上離れては、命中は望めないとの判断であろう。

「艦長より砲術。目標、敵一番艦。砲戦距離一〇《ヒトマル》〇《マル》」

「目標、敵一番艦。砲戦距離一〇〇《ヒトマルマル》。宜候！」

大野の指示に、砲術長松田源吾《まつだげんご》中佐が復唱を返す。

遣欧艦隊は針路を一二〇度に取り、進撃を続ける。

敵艦は視認できないが、水谷は「敵距離一三〇《ヒトサンマル》……一二五《ヒトフタゴ》……」と報告を送って来る。

（これが現代の夜戦か）

状況を見守りながら、芦田は呟いた。

従来の夜戦は、吊光弾《ちょうこうだん》や探照灯《たんしょうとう》の照射によって目標を視認し、砲撃や雷撃を実施したものだが、今は敵を目視できなくとも、電探によって位置を把握している。

遣欧艦隊の司令部で勤務している間に、海戦の現場も様変《さまが》わりしたのだ。

米国では、電探照準射撃の実用化を進めているというが、いずれは電探に頼った戦いが当たり前になるに違いない。

「一二〇《ヒトフタマル》」の報告が上がったとき、左舷側上空からおぼろげな光が差し込み、前甲板を照らし出した。

「後部見張りより艦橋。『武蔵』の左舷上空に吊光弾！」

見張員の報告と、右舷側海面に発射炎が閃くのがほとんど同時だった。

赤い光の中に一瞬、敵の艦影が浮かび上がる。

帝国海軍の将兵にとって、初めて肉眼で見るドイツ海軍の最強戦艦の姿だ。

「先の命令を変更する。砲撃始め！」

小林が、大音声で下令した。幾分か、焦りを感じさせる声だった。

「艦長より通信。観測機に命令。『吊光弾投下』！」

「艦長より砲術。吊光弾が投下され次第、砲撃始め！」

大野が二つの命令を発する。

数秒後、闇の彼方《かなた》に複数の光源が出現し、敵の艦影が浮かび上がった。

「主砲、射撃準備よし。撃ち方始めます！」

松田が報告し、主砲発射を告げるブザーが鳴り響いた。

三度繰り返されたところで、「大和」の右舷側に巨大な火焔がほとばしり、巨大な咆哮にも似た砲声が轟いた。同時に、下腹を突き上げるような衝撃が襲って来た。

イタリア艦隊と戦ったときに経験した、主砲発射の瞬間だが、何度味わっても、慣れるということはない。

「『武蔵』撃ち方始めました」

後部指揮所からの報告が届く。

「大和」の前を行く巡洋艦、駆逐艦は、まだ沈黙を保っていた。

敵戦艦の射弾が、先に到達する。

飛翔音が右舷上空から急速に迫り、「大和」の頭上を通過して、左舷側海面に落下する。

弾着の水音は聞こえたが、水柱は視認できず、爆圧も感じない。敵弾は、大きく外れた場所に落下したのだ。

「用意……だんちゃーく！」

発射後の経過時間を計っていた艦長付の坪井《つぼい》三郎《さぶろう》上等水兵が報告する。

敵戦艦の艦上に、爆炎はない。「大和」「武蔵」の第一射は、空振りに終わったのだ。

敵戦艦二隻が第二射を放ち、「大和」「武蔵」も各砲塔の二番砲を撃つ。

再び火焔がほとばしり、艦体が震える。

砲撃の余韻《よいん》が収まったとき、藏富一馬通信参謀からの報告が飛び込んだ。

「五対潜（第五対潜戦隊）より緊急信。『我、敵艦隊の攻撃を受けつつあり』！」

5

遣欧艦隊司令部に報告電を打ったとき、第五対潜戦隊旗艦「球磨」は、既に麾下の第一一、一一二両駆逐隊を従え、輸送船団の西方に展開していた。

シチリア島南岸の上陸地点二箇所のうち、西方に位置するリカタの沖だ。

船団には避退命令が出されたが、船首から海岸に道板を渡している輸送船は、簡単には海岸から離れられない。

既に荷下ろしを終えた船も、元々低速であることに加え、船同士の間隔が詰まっているため、避退は遅々《ちち》として進まない。

輸送船の大半は、リカタ周辺に残っているのだ。

「哨戒機より報告。『敵は巡洋艦四、駆逐艦一二。位置、〈リカタ〉よりの方位二八〇度、九浬。〇四《マルヨン》五二《ゴフタ》（現地時間一〇月三〇日二一時五二分）』」

五対潜旗艦「球磨」の艦橋に、通信室からの報告が上げられる。

対潜哨戒に当たっていた水上機母艦「日進」の零式水偵が、敵艦隊の動きを報せて来たのだ。

「島陰を隠《かく》れ蓑《みの》に使ったか」

「球磨」艦長坂崎国雄大佐は、敵の目論見を悟っている。

ドイツ艦隊は軽巡、駆逐艦を本隊から分離し、リカタの西方に回り込ませたのだ。

敵は日没後、海岸に沿って航行することで日本軍の哨戒網をくぐり抜け、リカタに接近した。

遣欧艦隊本隊が、敵の主力部隊に誘《おび》き出され、リカタから離れるのを見計《みはか》らって、突入して来たのだ。

船団には、第五、第六対潜戦隊が護衛に就いているが、六対潜はジェラの沖におり、急場《きゅうば》には間に合わない。

五対潜の戦力は、軽巡「球磨」と水上機母艦「日進」、松型駆逐艦八隻だけだ。

「球磨」は改装によって対潜能力を強化されたが、水上砲戦の火力は減少している。

「日進」は、水上機の運用能力は高いが、水上砲戦ではあてにならない。

松型駆逐艦は、対空・対潜に重点を置いて設計、建造された艦で、対艦戦闘の能力は、艦隊型駆逐艦より劣る。

とはいえ、敵艦隊に立ち向かえるのは、「球磨」と八隻の松型以外にない。

「一一一駆、一一二駆に命令。『我に続け』」

「艦長、陸地に沿って進め。速力一八ノット」

五対潜司令官八代祐吉少将が、大音声で下令した。

「航海、面舵五度！」

「機関長、速力一八ノット！」

坂崎は、航海長渋谷英吉中佐と機関長溝口昌夫《みぞぐちまさお》少佐に命じた。

「面舵五度！」

渋谷が操舵室に命じ、機関の鼓動が高まる。

「球磨」が右に艦首を振り、加速される。

艦首から波飛沫の音が伝わり、黒々とした陸地の影が近づいて来る。

陸地すれすれの位置を航進するのは、危険極まりない。座礁《ざしょう》し、身動きが取れなくなったところに集中砲火を浴びる危険がある。

だが五対潜は、敵よりも戦力面で大きく劣る。この状況下で敵を撃退するには、陸地を背にして接近するしかない。

陸地が迫り、艦橋からは稜線《りょうせん》が見えなくなった。

シチリア島の島民には灯火管制が命じられているのか、陸地に光は全くない。右舷側は、完全な闇に閉ざされている。

坂崎は「取舵五度」を下令した。

渋谷が操舵室に指示を伝え、「球磨」は左舷側に艦首を振った。

艦は、シチリア島の影に入ったのだ。

「後部見張りより艦長。一一一駆、一一二駆とも、本艦に続行中」

「対水上電探、感三！　左一〇度、一二〇《ヒトフタマル》（一万二〇〇〇メートル）！」

後部見張員に続いて、電測長辻是政《つじこれまさ》大尉が報告した。

「球磨」は旧式艦だが、浮上中の敵潜水艦を探知するため、改装時に対水上電探が装備されたのだ。

「左砲雷戦。雷撃距離二五《フタゴ》（二五〇〇メートル）」

八代が全艦に下令した。

「球磨」は対潜兵装の強化と引き換えに魚雷発射管を撤去したが、松型駆逐艦は六一センチ四連装発射管一基を装備している。

二個駆逐隊八隻で、三二本を発射できる計算だ。五対潜にとっては、切り札と呼ぶべき武器だった。

「艦長より砲術、左砲戦！」

坂崎は、砲術長久米真一《くめしんいち》少佐に命じる。

前甲板で、二基の一四センチ単装砲が旋回し、左舷側に向けられる様が見える。

改装後の「球磨」の主砲は、一四センチ単装砲五基五門。駆逐艦相手なら充分な威力を持つはずだ。

敵艦隊は、まだ見えない。

「球磨」は九隻の先頭に立って、陸地すれすれの位置を航進している。

「敵距離一〇〇《ヒトマルマル》……九〇《キュウマル》……」

辻の報告が届く。

「球磨」の一四センチ主砲は敵一番艦を射程内に捉えているが、司令官の砲撃命令はまだない。接近するまで、発砲を控えているのだ。

「砲術より艦長。敵一番艦との距離六〇《ロクマル》」

久米砲術長からも、報告が上げられた。

どこか催促《さいそく》がましい響きがある。「撃たせてくれ」と言いたいのだ。

「別命《べつめい》あるまで待て」

坂崎は、断固たる声で命じた。

八代司令官は、奇襲を考えているのだ。

発射炎によって位置を暴露すれば、司令官の目論見が台無《だいな》しになる。撃ちたい気持ちは分かるが、ここは堪えねばならない。

「敵距離五〇《ゴマル》」

辻が報告する。

星明かりを背に、艦影がおぼろげに見えている。敵艦隊が、目視可能な位置に近づいているのだ。

双方共に、発砲はない。司令官の狙いは、図に当たりつつある。

「三〇《サンマル》」の報告が届いたとき、八代の両目が大きく開かれた。

「魚雷発射始め!」

大音声で下令した。

「球磨」の通信室から、八隻の松型駆逐艦に命令が飛ぶ。

「一一駆、一二駆より『魚雷発射完了』の報告あり!」

通信長高田慎吾少佐が報告したとき、「球磨」の右舷上空——艦と陸地の中間付近に光源が出現した。

島影に隠れていた「球磨」の姿は、右舷側からの光を受け、敵艦隊にさらけ出されている。

敵の艦上に発射炎が閃いた。

敵弾が唸りを上げて飛来し、「球磨」の前方と左舷側海面に弾着の飛沫を噴き上げた。

(見落としたか!)

坂崎は、状況を悟った。

敵の観測機の機影は対空用電探が捉えていたはずだが、電測員は味方の哨戒機と誤認したのだ。

敵弾は、なおも飛来する。軽巡の主砲弾とおぼしき中口径砲弾が、「球磨」の周囲で炸裂し、絶え間なく海水を噴き上げる。

「一足遅かったな」

状況の深刻さにも関わらず、八代が笑い声を漏らした。

八隻合計三二本の九三式六一センチ魚雷は、既に敵艦隊の針路前方目がけ、四八ノットの雷速で突き進んでいるのだ。

「五対潜、左一斉回頭!」

八代が敵弾の炸裂音に負けぬほどの大声で命じた。

「航海、取舵一杯。針路一三五度!」

「取舵一杯。針路一三五度。宜候!」

坂崎の命令に、渋谷航海長が復唱を返し、操舵室に下令する。

「球磨」はしばし直進を続けた後、艦首を大きく左に振る。

回頭中の「球磨」に、敵艦隊の射弾が降り注ぎ、艦橋の後方から炸裂音が届く。

「三番主砲被弾！」

「後甲板被弾！」

久米砲術長と副長長谷川健作《はせがわけんさく》中佐から被害状況報告が届く。

傷つきながらも「球磨」は回頭を続け、隊列の最後尾に占位する。

前方では、一一一駆、一一二駆の松型駆逐艦が、一二・七センチ高角砲を右舷側に向け、敵艦隊に射弾を浴びせている。

「全艦、最大戦速！」

「機関長、速力二七・八ノット！」

八代の命令を受け、坂崎は溝口昌夫機関長に命じた。松型駆逐艦の最高速度に合わせたのだ。

「砲術、主砲右砲戦。目標の選定は任せる！」

「主砲右砲戦。宜候！」

久米が復唱を返す。

命令を予期していたのだろう、「球磨」の一四センチ単装主砲は、既に右舷側を向いている。

「砲撃始め！」

坂崎が力を込めて下令したとき、それは起こった。

右前方に、水柱が突き上がり始めたのだ。

「やったか！」

八代の叫び声に、巨大な炸裂音が重なる。

弾火薬庫付近に魚雷が命中したのか、水柱が瞬く間に火柱に変わるものもある。

水柱は、合計四本が確認された。

「一一二駆より報告。敵巡洋艦二、駆逐艦二に魚雷命中！」

高田通信長が弾んだ声で報告する。

「どうだ？」

八代が、敵艦隊に双眼鏡を向ける。

敵は、四隻の艦を戦列から失った。帝国海軍自慢の酸素魚雷の威力は、存分に味わったはずだ。

敵が船団攻撃を断念し、撤退してくれれば、との期待が感じられたが――。

「敵艦隊、突撃続行！　船団に向かいます！」

「何だと⁉」

辻電測長の報告に、八代が愕然とした叫び声を上げた。

敵は、船団攻撃を断念していない。味方艦艇の被害など、目に入っていないかのようだ。

「球磨」の右舷側に発射炎が閃き、砲声が轟く。

健在な一四センチ単装主砲四基が、砲撃を開始したのだ。

「球磨」にも敵弾が唸りを上げて飛来し、正面や右舷側海面に弾着の飛沫が上がる。

前方に、火災炎が躍っている。松型駆逐艦の中に、被弾した艦があるようだ。

「一一二駆より報告。『杉《すぎ》』『槇《まき》』被弾！」

高田が報告を上げる。

一斉回頭に伴い、一番艦、二番艦の位置になった艦だ。

二隻が被弾、落伍した直後、「球磨」により近い位置で爆炎が躍る。

「『梅』被弾！」

艦橋見張員が、悲痛な声で報告する。

「また一隻やられたか……！」

長瀬首席参謀が、唸るような声を発する。

松型の主砲は一二・七センチ連装砲と単装砲各一基、合計三門。

浮上中の潜水艦との砲撃戦には充分だが、艦隊戦用に建造された駆逐艦を相手取るには分が悪い。

敵巡洋艦、駆逐艦の猛射に撃ち負け、次々と被弾、落伍してゆく。

更に一隻、一一一駆の「竹《たけ》」が被弾、落伍したとき、敵艦隊の上空に、複数の光源が出現した。

月明かりを思わせるおぼろげな光の下に、敵の艦影が浮かび上がっている。

その真上を飛び回っている影が見える。

「司令官、味方機です！」

影の正体を悟り、坂崎は叫んだ。

「日進」から発進した零式水偵、零観が、敵の頭上に吊光弾を投下すると共に、肉薄《にくはく》しての機銃掃射を浴びせているのだ。

「電測、敵の動きどうか？」

坂崎は辻に聞いた。

水上機の攻撃が、敵艦を沈められないまでも、混乱させることを期待した。

「敵の針路、速度共変化ありません」

「駄目か……！」

坂崎は呻いた。

敵の指揮官は、攻撃して来た日本機が水上機であり、攻撃力が小さいことを見抜いたのだ。

空中に火焔が湧き出し、海面に落下する。

味方機が対空砲火を浴び、撃墜されたのだ。

更にもう一機が火を噴き、空中をのたうつ。ひとしきり、空中に炎が引きずられ、赤い紋様を描くが、夜の海面に吸い込まれるように消える。

「日進」の水上機は懸命に戦っているが、七・七ミリ機銃だけではどうにもならない。

敵艦隊は、航空攻撃など歯牙にもかけず、船団に突進してゆく。

「駄目だ……！」

八代が絶望的な声を上げた。

五対潜には、敵艦隊を阻止できない。

雷撃によって、敵艦四隻を仕留めたが、これ以上はどうにもならない。

船団の運命は、旦夕《たんせき》に迫っている。

そのことを、はっきりと認識したようだった。

このときになって、「球磨」が命中弾を得る。

敵駆逐艦一隻に一四センチ砲弾が命中し、艦上に炎が躍る。

「球磨」は火災炎を目標に、なおも砲撃を浴びせる。

敵駆逐艦の艦上に、続けざまに爆発光が閃き、ほどなく隊列から落伍する。

だが敵は、まだ一〇隻以上が健在だ。

先頭の巡洋艦は、船団に迫っている。

輸送船団の隊列に被弾の火柱が上がるか、と思ったとき、右前方に閃光が走り、艦影が瞬間的に浮かび上がった。

「電測より艦長、右五〇度、一三〇《ヒトサンマル》に中型艦三！」

「右前方の艦は高雄型と認む！」

「来てくれたのか！」

艦橋に上げられた二つの報告を聞いて、八代が歓喜の叫びを上げた。

右前方に出現したのは、第四戦隊の高雄型重巡三隻だ。

遣欧艦隊が編成されて以来、一貫して小林司令長官の直率戦隊となっていたが、旗艦が「大和」に変更されてからは、第一戦隊の護衛が主任務となった。

その第四戦隊が駆けつけたのだ。

先に「球磨」が発した「我、敵艦隊の攻撃を受けつつあり」との緊急信を受けた小林司令長官が、第四戦隊に船団の援護を命じたのだろう。

右舷前方の発射炎は連続する。

およそ一〇秒置きに閃光がほとばしり、高雄型重巡の巨大な艦橋が、瞬間的に浮かび上がる。

四戦隊に所属する観測機が吊光弾を投下したのだろう、新たな光源が出現し、敵艦が光の中に浮かび上がる。

敵の隊列の中に、明らかに直撃弾の炸裂と分かる爆炎が躍った。一隻だけではない。二隻、三隻と連続して被弾した。

五対潜の各艦も、四戦隊に任せきりにせず、砲撃を続けている。

「球磨」の右舷側に、一四センチ主砲の発射炎がほとばしり、残存する四隻の松型駆逐艦も、一隻当たり三門の一二・七センチ主砲を撃つ。

砲声が繰り返し轟き、敵艦の周囲に弾着の飛沫が上がる。

高雄型重巡三隻の発射炎も、一射毎に明るさを増している。敵艦隊の前方に、回り込もうとしているようだ。

敵の動きに変化が生じた。

「敵艦隊、右一斉回頭！」

辻が、電探が捉えた敵の動きを報告した。

坂崎の目にも、敵艦が次々と反転する様が見えている。

敵は船団への攻撃を断念し、避退に移ったのだ。

第四戦隊が戦闘に加わったのを見て、ここまでと判断したのだろう。

三隻の高雄型はなおも発射炎を閃かせ、追い打ちをかける。

発砲の度、高雄型の艦影が浮かび上がり、砲声が殷々《いんいん》と轟く。

「司令官、当隊も反転、追撃しますか？」

「その必要はない。それよりも、船団の安否を確認してくれ」

長瀬の問いに　八代は答えた。

「球磨」の通信室から船団に向け、「貴隊、無事ナリヤ」との無線が打たれる。

若干の間を置いて、高田通信参謀が報告した。

「船団より返信。『当隊、損害ナシ。貴隊ノ援護ニ感謝ス』と伝えております」

その一言で、艦橋の空気が和《やわ》らいだように感じられた。

五対潜は、輸送船団の護衛に成功したのだ。

（いや、まだ終わっていない）

坂崎は、艦の右舷前方に視線を向けた。

闇の彼方で発射炎が明滅し、砲声が伝わって来る。

「大和」「武蔵」が、敵戦艦と撃ち合っているのだ。

6

このとき遣欧艦隊旗艦「大和」は、姉妹艦「武蔵」と共に、ドイツ戦艦「ビスマルク」「ティルピッツ」

との砲撃戦を続けている。

五対潜からの緊急信が飛び込んだとき、小林宗之助司令長官は、

「全艦、直ちに反転。船団の援護に向かう」

と命じようとしたが、白石万隆参謀長が、

「今、この場で全艦を反転させれば、隊列が混乱し、敵につけ込まれます」

と反対した。

そこで芦田優作戦参謀が、

「四戦隊のみを向かわせてはいかがでしょうか？　重巡三隻だけなら小回りが利きますし、迅速《じんそく》に駆けつけることができます」

と代案を出した。

結果、四戦隊のみが船団の救援に急行し、第一戦隊と第五戦隊、第二水雷戦隊は、敵戦艦二隻との戦闘を継続したのだ。

砲戦開始以来、直撃弾はない。

「ビスマルク」「ティルピッツ」の三八センチ砲弾は、「大和」「武蔵」の手前に落下するか、頭上を飛び越えて左舷側海面に水柱を噴き上げるかだ。

敵の艦上にも、直撃弾炸裂の閃光は観測できない。

彼我共に、巨弾を海中に叩き込むだけに終わっている。

「もっと距離を詰めて下さい。夜間に一万を超える距離で撃ち合っても、当たりません！」

藤田正路砲術参謀の具申に従い、小林が、

「艦隊針路一三五度！」

を下令する。

遣欧艦隊本隊は、大きく右に変針し、敵艦隊との距離を詰めにかかるが、ドイツ艦隊もまた右に変針し、遣欧艦隊との距離を置く。

情報によれば、「ビスマルク」「ティルピッツ」の最高速度は二九ノット。「大和」「武蔵」より優速だ。

速力差を活かし、「大和」「武蔵」と一定以上の距離を置くよう努めている。

「敵一番艦との距離、一三〇《ヒトサンマル》（一万三〇〇〇メート

ル）！」
松田源吾砲術長が報告を上げる。

距離は縮まるどころか、逆に開いている。

「敵は、何を考えている？」

小林が、苛立《いらだ》ったような口調で言った。奴らには戦意があるのか、と疑っている様子だった。

芦田が、意見を具申した。

「敵の狙いは、遣欧艦隊本隊を船団から引き離すことかもしれません」

「引き離す、だと？」

「はい。対潜戦隊の所属艦は、対潜能力は優れていますが、砲雷戦では他艦より劣ります。敵はそのことを知っていて、遣欧艦隊本隊、特に火力の大きい『大和』『武蔵』を誘き出したのではないでしょうか？」

「『ビスマルク』と『ティルピッツ』は、囮だというのか？」

白石が目を剝いた。帝国海軍では考えられない発想だ、と思ったようだ。

「ドイツ艦隊が『大和』『武蔵』との決着をつけるつもりなら、距離を詰め、三八センチ主砲の装甲貫徹力を高めるはずです。にも関わらず、敵は我が艦隊と一定以上の距離を取り続けています。敵の目的は『大和』『武蔵』の撃沈ではなく、誘出《ゆうしゅつ》ではないでしょうか？」

「ドイツ最強の戦艦二隻を、囮になど使うものだろうか？」

「ドイツ最強の戦艦だからこそ、です。他の艦では、『大和』『武蔵』の誘出はできなかったでしょう」

「敵は私の性格を読んだ上で、囮作戦を仕掛けたのかもしれぬな」

忌々しげな口調で、小林が言った。

小林は、帝国海軍でも主流派である砲術の専門家だ。軍務局や人事局、軍令部での勤務や、国際連盟の海軍代表随員を務めた経験を持ち、視野が広いが、戦術家としては大艦巨砲主義を信奉しているドイツ軍が、司令長官の専門や性格を見抜いた上で、最強の戦艦二隻を繰り出して来たのであれば、遣欧艦隊は敵の術中《じゅっちゅう》に陥ったことになる。

「戦闘を打ち切り、リカタに急行した方がよいのでは……？」

柳沢蔵之助首席参謀が言った。これ以上、敵の策に乗せられることはない、と言いたげだった。

小林が答えようとしたとき、異様な音が「大和」の艦橋に届いた。

「もしや……！」

白石が叫び声を上げたとき、艦の左右両舷に多数の水柱が奔騰し、艦橋の後方から炸裂音と衝撃が届いた。

至近弾の爆圧が、微かに伝わって来る。

「大和」は敵弾に挟叉され、この日最初の直撃弾を受けたのだ。

「おのれ……！」

小林の顔が憤怒《ふんぬ》に歪んだ。

「大和」は、帝国海軍最強の戦艦だ。乗員も、選《え》りすぐりが集まっている。その「大和」が、先に直撃弾を受けるなどということがあっていいものか。

そんな心の声が聞こえたような気がした。

「大和」の四六センチ主砲も、負けじとばかりに砲撃を繰り返しているが、直撃弾は得られない。一射毎に三発ずつ放たれる重量一トン半の巨弾は、海面に落下し、大量の海水を噴き上げるだけだ。

新たな敵の射弾が、唸りを上げて飛来する。

再び多数の水柱が「大和」を囲み、後部から被弾の衝撃が伝わる。

「四番副砲、及び二番射出機損傷！」

応急指揮官を務める副長佐藤述《さとうあきら》中佐が報告する。

致命傷ではないが、楽観はできない。三八センチ砲弾といえども、多数が命中すれば、「大和」は重大な損害を受ける。

「大和」の四六センチ主砲が新たな咆哮を上げた直後、次の敵弾が殺到する。

今度は右舷側から衝撃が伝わり、金属的な破壊音が響く。

「早い……！」

柳沢が驚愕の声を上げた。

「大和」が最初に被弾した後、敵一番艦は矢継ぎ早に斉射弾を叩き込んで来る。

発射間隔は二〇秒前後と、重巡の主砲並みだ。

水圧装置を始めとする装填《そうてん》機構が、日本のものより優れているのかもしれない。

新たな敵弾の飛翔音が聞こえ始めたとき、通信室に詰めている藏富一馬通信参謀より報告が入った。

「五対潜司令部より通信。『敵艦隊ハ〈リカタ〉ヨリ遁走《トンソウ》セリ。敵ハ船団攻撃ヲ断念シタモノト認ム』」

「失敗しただと⁉」

戦艦「ビスマルク」の艦橋に、ギュンター・リュッチェンス大海艦隊司令長官の怒声《どせい》が響いた。

「遺憾《いかん》ながら……」

ヨハン・レッシング参謀長が、いかにも口惜《くちお》しい、と言いたげな態度で答えた。

「敵の本隊にいた重巡が反転し、船団の援護に向かったことが、我が方にとっての痛手《いたで》となったようです。別働隊は、軽巡三隻、駆逐艦五隻を撃沈破されたため、作戦続行は不可能と判断し、撤退した、と報告しています」

「なんたること……！」

リュッチェンスは、天を仰いで嘆息《たんそく》した。

作戦の要《かなめ》は、別働隊にあった。

戦艦二隻、重巡三隻の主隊で日本艦隊の主力を引きつけ、手薄になった船団に、軽巡洋艦四隻、駆逐艦一二隻を突入させて、輸送船の半数程度は撃沈する腹づもりだった。

ドイツ海軍最強の戦艦二隻を敢えて囮に使ったのも、日本艦隊の主力、特に戦艦を釣り出せると見込んだからだ。

囮作戦それ自体は成功したが、肝心の別働隊が失敗したのでは意味がない。

(重巡を狙うべきだった)

リュッチェンスは敗因を悟っている。

敵の本隊を拘束《こうそく》し、船団への援護を阻止するのが、自分たちの任務だった。

ならば敵の戦艦ではなく、足の速い重巡を狙うべきだったのだ。

攻撃目標の選定を誤ったことが悔やまれた。

「長官、砲撃を続行しますか?」

テオドール・クランケ「ビスマルク」艦長が、質問の形で指示を求めた。

「ビスマルク」は敵一番艦に直撃弾を得、連続斉射に移っている。

一八秒置きに八発ずつの三八センチ砲弾を叩き付ければ、いかに頑強《がんきょう》な戦艦であっても、撃沈乃至戦闘不能に陥らせることが可能なはずだ。

作戦が失敗した以上、せめて敵戦艦一隻をここで仕留めるべきではないか。

クランケは、「砲撃続行」の命令を期待しているようだったが、リュッチェンスはかぶりを振った。

「作戦中止。砲撃を続行しつつ、避退する」

苦渋に満ちた声で部下に告げたとき、敵弾の飛翔音が聞こえ始めた。

これまでとは、響きが違う。直撃を予感させる音だった。

「もしや……!」

リュッチェンスが叫び声を上げたとき、生涯で初めて経験する凄まじい衝撃が襲いかかった。

基準排水量四万一七〇〇トンの艦体が激しく震え、艦全体が金属的な叫喚を発した。艦の後部から、何かが破壊されるけたたましい音が届いた。

左右両舷に、巨木のような水柱がそそり立ち、爆圧が艦を上下に揺さぶっている。

吊光弾のおぼろげな光の下でも、水柱が真っ赤に染まっていることがはっきり分かった。

「これから流れる、貴様《きさま》たちの血の色だ」

と、宣告しているようにも受け取れた。

「D砲塔（第四砲塔。ドイツの軍艦の砲塔はアルファベット表示）被弾！」

砲術長ディートリヒ・ヤニング中佐から、驚愕したような声で報告が上がる。

ビスマルク級戦艦は、速度性能と防御力に重点を置いて建造された艦だ。自艦が装備する三八センチ主砲は無論のこと、四〇センチ砲弾の直撃にも耐えられる。

そのビスマルク級の主砲塔を、敵戦艦の主砲弾はあっさり破壊したのだ。

「全艦、避退を急げ！」

リュッチェンスは、今一度下令した。

敵戦艦の能力については、いずれ明らかにする。今は、この場から逃れることだ。

「ビスマルク」の前方に布陣する三隻の重巡が、速力を上げる。

後部の主砲を日本艦隊目がけて発射しつつ、避退してゆく。

リュッチェンスは、新たな命令を発した。

「『ティルピッツ』を先に行かせろ。本艦は、殿軍《でんぐん》を引き受ける」


「砲術より艦長。次より斉射！」

「敵艦隊、二〇〇度に変針。増速します！」

遣欧艦隊旗艦「大和」の艦橋に、二つの報告が上げられた。

「直撃弾一発で逆転か！」

小林司令長官が、満足げな声を上げた。

この直前まで、「大和」は追い詰められていた。

ビスマルク級戦艦の三八センチ砲弾が直撃し、敵が連続斉射に移行しているにも関わらず、「大和」は空振りを繰り返し、四六センチ砲弾を海に捨てていたのだ。

だが、先の砲撃で最初の直撃弾を得たことが状況を変えた。

敵艦隊は、避退に移ったのだ。

(指揮官が、作戦の失敗を認めたのだろう)

芦田優作戦参謀は、そのように推測している。

敵は、リカタの輸送船団撃滅に失敗した。

ドイツ最強の戦艦二隻を囮に使うという奇策を用い、遣欧艦隊本隊を船団から引き離すことには成功したものの、肝心の船団には手を出せなかったのだ。

敵の指揮官は「これ以上の戦闘は無意味」と判断し、撤退を選んだ可能性が高い。

「大和」の艦上には、主砲発射を告げるブザーが鳴り響いている。

各砲塔一門ずつの交互撃ち方ではなく、斉射だ。

イタリア海軍との戦闘で、リットリオ級を葬り去った四六センチ主砲が、九門一度に火を噴こうとしている。

(有効だろうか?)

その疑問が、脳裏にこみ上げた。

敵は避退に移っており、距離は急速に開いている。

遠くなるほど射撃の命中率が下がるのは、分かりきっていることだ。

この条件下で、先の海戦に続いて、敵戦艦撃沈の戦果を上げられるかどうか。

ブザーの音が止んだ。

一拍置いて、「大和」の右舷側海面に巨大な火焔が噴出し、周囲の闇を吹き飛ばした。発射炎の下、爆風を喰らった海面が、大きくへこんでいる様がはっきり見えた。

海そのものが裂けたと思わされるような砲声と共に、下腹を思い切り突き上げられるような衝撃が襲って来る。「大和」の巨体が、僅かに左舷側に傾ぐのが感じられる。

「大和」はドイツ最強の戦艦に向けて、最初の斉射を放ったのだ。

「敵戦艦、斉射！」

後部見張員の報告が「ビスマルク」の艦橋に伝えられたとき、既に敵弾の飛翔音が後方から聞こえ始めていた。

轟音は急速に拡大し、他の全ての音を圧する。

過去に「ビスマルク」が受けた、いかなる砲撃のそれより大きい。

二年前、デンマーク海峡で戦ったイギリス戦艦「プリンス・オブ・ウェールズ」の三六センチ砲弾も、イギリス巡洋戦艦「フッド」の三八センチ砲弾も、到底《とうてい》比較の段ではない。

弾着と同時に、「ビスマルク」の艦尾が大きく突き上げられた。艦は大きく前にのめり、艦橋内の全員がよろめいた。

(直撃はない)

そのことを、ギュンター・リュッチェンス大海艦隊司令長官は悟った。

先にD砲塔が破壊されたときの衝撃や破壊音は伝わって来ない。敵弾は艦尾至近に落下したが、命中はなかったのだ。

「機関長、缶室や機械室に異常はないか⁉」

「ありません。全力発揮可能です！」

テオドール・クランケ「ビスマルク」艦長の問いに、機関長ニコラス・アルブレヒト中佐が返答した。

「ビスマルク」も、反撃の射弾を放つ。健在なC砲塔が咆哮し、二発の三八センチ砲弾を後方の敵艦目がけて発射する。

前を行く「ティルピッツ」も、C、D砲塔に発射炎を閃かせ、四発の射弾を放っている。

次の斉射弾が「ビスマルク」に迫った。

今度は全弾が「ビスマルク」の頭上を通過し、左舷側海面に多数の水柱を奔騰させた。

先に至近弾を喰らったとき、水柱は真紅に染まっていたが、今度は青だ。

昼間であれば、地中海の色をそっくり写し取ったように見えたかもしれないが、吊光弾の光の下で見るそれは、死神の顔のように不気味だ。

「何のつもりだ、奴らは⁉　水柱に色なんか付けて」

「弾着観測用の染料です。日本海軍は艦毎の弾着を識別するため、砲弾に染料を仕込んでいるんです」

ヨハン・レッシング参謀長の叫びに、クラウス・フェルドマン作戦参謀が答えた。

「ビスマルク」「ティルピッツ」も砲撃を続けるが、それを押し潰さんとするように、三度目の斉射弾が「ビスマルク」の右舷側に落下する。

水柱の色は、燃えるような真紅だ。

「長官、敵戦艦は本艦に射撃を集中しています！」

フェルドマンが、青ざめた顔で叫んだ。

「ビスマルク」に敵弾が飛来する間隔は、二〇秒程度と短い。

一方、「ビスマルク」の前方に占位した「ティルピッツ」は、砲撃を受けている様子がない。

フェルドマンはこれらの事実から、敵戦艦二隻が「ビスマルク」一隻を狙っていると判断したのだ。

「そうだろうな」

リュッチェンスは、動じた様子を見せずに応えた。

殿軍を引き受けた以上、敵の砲撃が「ビスマルク」に集中するのは当然のことだ。リュッチェンスが意図した通りの状況になったと言える。

最悪の場合、「ビスマルク」の乗員に貧乏くじを引かせることになるが――。

「観測機より受信。敵艦隊、一九〇度に変針！」

通信室から、新たな報告が上げられた。

日本艦隊は、追撃の態勢を取ったのだ。

「ビスマルク」一隻だけでも撃沈しようという腹づもりかもしれない。

「艦長、敵との距離は？」

「砲術、敵との距離報せ」

リュッチェンスの問いを受け、クランケが射撃指揮所に聞いた。

「一万六〇〇〇！」

若干の間を置いて、ディートリヒ・ヤニング砲術長が返答する。

夜戦の距離としては、かなり遠い。照準も、困難になっているはずだ。「ビスマルク」「ティルピッツ」も、空振りを繰り返している。

敵もそろそろ諦めるのでは、とリュッチェンスは思ったが、そうはならなかった。

戦闘開始以来、何度となく耳にした巨弾の飛翔音が、「ビスマルク」を追って来た。

轟音は急速に拡大し、唐突に消える。

「ビスマルク」の左舷側に、真紅の水柱が奔騰し、艦は右に、左にとローリングする。爆圧が、左舷艦底部を突き上げたのだ。

弾着の狂騒《きょうそう》が収まった、と思ったときには、敵二番艦の射弾が迫っている。

今度は右舷至近に落下し、「ビスマルク」の巨体は、再びローリングする。

ドイツ海軍最大にして最強の戦艦が、横波を喰らった小舟のように、激しく揺れている。

動揺が収まらぬ「ビスマルク」の後方から、新たな敵弾が迫る。

（これでは、父親の胸に抱かれた無力な子供だ）

ドイツが生んだ偉大な文豪ヨハン・ヴォルフガング・フォン・ゲーテの詩に着想を得て、オーストリアの作曲家フランツ・シューベルトが作曲した歌劇「魔王《エルケーニッヒ》」の歌詞を、リュッチェンスは思い出している。

後方から追いすがる敵弾の飛翔音は、父親の胸に抱かれた幼子に「可愛い坊やおいでよ」と呼びかける、魔王の声を思い起こさせたのだ。

「魔王の声」が消えると同時に、「ビスマルク」の後方から衝撃が襲って来る。

尻を思いきり蹴り上げられたような衝撃と共に、艦が前にのめり、艦橋の床が傾斜する。

（衝撃が小さくなっている）

動揺する艦橋の中で、リュッチェンスはそのことを感じ取った。

現在敵戦艦は、前部の主砲しか撃っていない。しかも、距離は次第に開いている。

弾数が減少すると共に、射撃精度も低下しているのだ。

（逃げ切って見せる）

リュッチェンスが腹の底で呟いたとき、またも「魔王の声」が聞こえ始めた。

「坊や一緒においでよ」「娘と踊って遊ぼうよ」「歌っておねんねもさしたげる」「いいところじゃよ、さあおいで」

「魔王」に歌われている不気味な言葉が、敵弾の飛翔音に重なった。

轟音は、「ビスマルク」の頭上を通過した。

音が消えると同時に、前方の海面が大きく突き上がった。

「ビスマルク」の艦首が突っ込み、海水が滝のような轟音を立てて、前甲板や主砲塔の上に落ちかかる。

艦首の揚錨機《ようびょうき》や甲板、主砲塔の天蓋《てんがい》、砲身が、染料によって薄赤く染まる。

「くそ、魔王め！」

声に出して、リュッチェンスは罵《ののし》った。

「ビスマルク」の行く手を塞いだ真っ赤な海水の壁が、歌劇「魔王」の終盤に歌われている「じたばたしてもさらってくぞ」という魔王の宣告に重なったのだ。

少年は「魔王が今、坊やを摑んで連れて行く」と訴え、父は懸命に馬を走らせる。歌劇では、父は少年を助けられず、悲劇的な結末を迎えるが――。

（本艦は、無力な少年ではない。ドイツ海軍最強の戦艦が、父の懐で息絶《いきた》えた少年のようになってたまるか）

胸中で、リュッチェンスは敵に呼びかけた。

二隻の敵戦艦は、なおも「ビスマルク」への砲撃を繰り返した。

巨弾が後方から追いすがり、艦の周囲に落下し、至近弾炸裂に伴う爆圧が、艦を繰り返し揺さぶった。

「ビスマルク」「ティルピッツ」も反撃する。

二艦合計六発ずつの三八センチ砲弾を、後方の敵戦艦目がけて発射する。

「敵距離一万七〇〇〇！」

ヤニング砲術長の報告が上げられた直後、唐突に敵弾の飛来が止んだ。

「新たな発射炎、観測できません」

「観測機より報告。『敵艦、砲撃を中止した模様』」

後部見張員と通信室から、前後して報告が上げられる。

「砲撃止め！」

「艦長より砲術。砲撃止め！」

リュッチェンスが命じ、クランケがヤニングに指示を送った。

「ビスマルク」のC砲塔が沈黙し、前方の「ティルピッツ」も砲撃を中止した。


巨弾の飛翔と弾着に伴う狂騒が収まり、シチリア島の南方海上に静寂が戻る。

ドイツ大海艦隊と日本艦隊の戦闘が終わったのだ。

「ゲーテの詩と同じ結末にはなりませんでしたな」

レッシングがリュッチェンスに話しかけた。

先にリュッチェンスが放った罵声から、指揮官の胸の内を悟ったようだ。

「なってたまるものか」

強気の答を返しながらも、魔王と呼ぶに相応しい強敵だった――と、リュッチェンスは考えている。

一万メートル以上の距離を隔てての夜間砲戦という条件だったためだろう、「ビスマルク」への被弾は一発だけに留まったが、至近弾の爆圧に伴う動揺は、自らの身体が覚えている。

あと一発、直撃弾を喰らっていたら、「ビスマルク」はイタリア戦艦「ローマ」「インペロ」と同じ運命を辿ったかもしれない。

日本海軍の最新鋭戦艦の恐ろしさを、リュッチェンスも、「ビスマルク」の乗員も、たっぷりと味わったのだ。

「全艦、現在の速力を維持せよ」

リュッチェンスは新たな命令を下し、一言付け加えた。

「魔王が、少年の連れ去りを諦めたという保証はないからな」

「電測より艦橋。目標失探」

遣欧艦隊旗艦「大和」の艦橋に、水谷英二電測長の報告が上げられた。

「どうやら、撃退に成功したようだな」

小林宗之助司令長官は、大きく安堵の息を漏らしながら言った。

遣欧艦隊本隊を誘き出そうとした敵の本隊も、リカタの船団に突入を図った敵の別働隊も、共に退却した。


遣欧艦隊は輸送船団を守り切り、一隻の犠牲も出すことなく、敵の撃退に成功したのだ。

「海戦そのものは、満足できる結果ではありませんでしたが。——特に、戦艦同士の砲戦は」

白石万隆参謀長が言った。

「大和」「武蔵」と「ビスマルク」「ティルピッツ」の砲撃戦は、双方共に戦艦一隻損傷で終わっている。

「大和」は三八センチ砲弾の被弾によって、三、四番副砲と右舷側の高角砲三基、射出機、飛行甲板を破壊された。

戦果は、四六センチ砲弾一発の命中だ。

命中弾数は、敵戦艦が上回っている。

何よりも、「大和」「武蔵」は四六センチ砲戦艦、「ビスマルク」「ティルピッツ」は三八センチ砲戦艦だ。火力、防御力を考えれば、イタリア戦艦同様、容易く撃沈できたはずだ。

それがこのような結果に終わったのは、納得できない——と、白石は言った。

「戦果が不充分だったのは、敵に雌雄《しゆう》を決するつもりがなかったためでしょう」

芦田優作戦参謀が発言し、藤田正路砲術参謀も賛同した。

「距離を詰めて撃ち合っていれば、大和型の主砲は高い命中精度が得られ、敵を圧倒していたと考えます。残念ですが、我が艦隊は敵の思惑に引っ張り回された感が否めません」

「奴らの目論見に、まんまと乗せられたか」

吐き捨てるように、白石は言った。それが最初から分かっていれば、もう少し戦いようがあったものを、と言いたげだった。

「何よりも重要なのは、作戦目的を達成したことだ。我が軍は敵に、輸送船団への攻撃を許さなかった。第一四軍は予定通り、シチリアに上陸し、英第八軍と共に同地の攻略作戦を開始する。戦術面では不満足な結果に終わったかもしれないが、戦略面では我が方の圧勝だ」

小林が、はっきりした口調で言った。

シチリア上陸の成功を考えれば、「大和」の損傷やドイツ戦艦二隻を取り逃がしたことなど、些末《さまつ》な問題に過ぎない――そう考えている様子だった。

「本艦よりも、五対潜にかなりの被害が生じました。駆逐艦四隻が被弾し、うち二隻は沈没に瀕しています。救助の必要ありと考えますが」

柳沢蔵之助首席参謀が、あらたまった口調で具申した。

小林は頷き、藏富通信参謀に命じた。

「一個駆逐隊を割いて溺者《できしゃ》救助と消火協力に当たるよう、二水戦に命じてくれ」

「一個駆逐隊を割いて溺者救助と消火協力に当たるよう、二水戦に命令を伝えます」

藏富が復唱を返し、通信室を呼び出した。

小林は重々しい口調で、幕僚全員に決定を告げた。

「リカタ沖に戻ろう。この先は夜が明けるまで、何があっても船団から離れぬ」

第六章　失墜の日

1

「親愛なる統領《ドゥーチェ》よ」

　イタリア国王ヴィットリオ・エマヌエーレ三世は、自身の前でかしこまっている統領ベニト・ムッソリーニに呼びかけた。

　一九四三年一二月二日。イタリア王室の離宮サヴォイア荘の国王執務室だ。

　エマヌエーレ三世は大元帥服を着用し、イタリア王国の最高位にある元首の威厳《いげん》を演出しているが、ムッソリーニは軍服ではなく、背広姿だ。

　行政の最高責任者である統領ではなく、無名の一市民が国王に謁見《えっけん》しているように見えた。

「我が祖国イタリアは死《し》に体《たい》だ。軍の士気は最低であり、兵士たちは戦いを望んでいない。『ムッソリーニのために戦うのは御免《ごめん》だ』『ムッソリーニは我々を殺す男だ』という巷《ちまた》の声も、余《よ》の下《もと》に届けられている」

　ムッソリーニは何も言わず、表情を変えることもない。感情というものを一切喪失したかのようであり、黙って国王の言葉に耳を傾けている。

「大評議会では、過半数が貴下《きか》の解任と和平の実現に賛成したというではないか」

「既に、陛下の下に報告が届いていたのですか?」

　国王の言葉に、ムッソリーニは聞き返した。

　大評議会とは、ファシスト党の最高幹部による意志決定機関だ。この日の開催は、通算一九〇回目になる。

「私だけではない。既にローマ中が、大評議会の議決を知っている。遠からず、全イタリア国民が知るところとなろう。貴下は今、イタリアで最も国民の憎悪を集めている人物だ。貴下が頼れる友人は、余エマヌエーレ三世ただ一人しかいない。貴下と家族の安全は余が保証するので、安心して欲しい」

　そこまで聞いたとき、ムッソリーニは安堵の表情を浮かべた。

相次ぐ敗戦と戦線の後退は、ムッソリーニだけではなく、国王に対する国民の反感をも高めている。

それでも国王が持つ権威は、なお有効だ。

陛下が保証して下さるなら確かだ、とムッソリーニは思ったのだ。

「後継内閣は、ピエトロ・バドリオ元帥に組閣《そかく》させる。我が国はバドリオ内閣の下で、和平への道を探って行くことになろう」

「お言葉を返すようでございますが、バドリオが和平を実現できますでしょうか？　仮に実現するとしても、相当に厳しい条件を呑まされるのではありませんか？」

「どれほど厳しくとも、ローマやナポリやミラノを灰にされるよりはよい。ドイツ軍の空襲を受けたモスクワやレニングラードの写真は、貴下も見たであろう？　イタリアの諸都市をあのような姿にするのは忍びない」


イタリアは、喉元《のどもと》に剣を突きつけられた状態だ。

一〇月三一日、シチリア島に上陸した日本とイギリスの連合軍は、急速に占領地を拡大し、州都パレルモ、南東岸のシラクサ、東岸のカターニアは、既に敵の手に落ちた。

パレルモの飛行場には日本軍の航空部隊が進出を始めており、イタリア本土への航空攻撃も始まっている。

敵の爆撃は、飛行場や海岸の防御陣地といった軍事目標に限られているが、都市部に対する無差別爆撃が行われても不思議はない。

イタリアの諸都市には、ローマ帝国の時代から連綿と受け継がれて来た史跡や、ルネサンス期の美術品が多数ある。

それらが空襲を受けて、破壊されるようなことになれば、イタリア一国のみならず、人類全体にとっても大きな損失になる――と、国王は述べた。

「余が恐れているのは、空襲だけではない。聞けば、日本海軍には恐るべき破壊力を持つ戦艦があるというではないか。そのような戦艦の砲が、ナポリやベネチアに向けられたら何とする」

国王のこの言葉で、ムッソリーニは、海軍の敗北がイタリア全体にもたらした影響の深刻さを悟った。

五月のアブキール湾海戦と一〇月のシチリア沖海戦で、イタリア海軍は最強にして最新鋭の戦艦リットリオ級を全て失った。

特に四番艦の「インペロ」は、敵戦艦の主砲弾一発で轟沈したという。

シチリア島の守備隊は、海軍大敗の報を聞いて戦意を失ったのか、敗走を重ねている。

それだけではない。

孤立したトブルク、マルタ島、イタリア領チュニジアの守備隊も連合軍に降伏し、イタリアは北アフリカにおける全拠点を喪失した。

ムッソリーニが悲願としていたエジプトの領有も、地中海の内海化も、今となっては夢物語でしかない。

「海軍が最強の戦艦四隻を失った現在、シチリア島の奪回はおろか、連合軍のイタリア本土上陸を阻止することも不可能になった」

と主張する声も、先の大評議会で上がった。

リットリオ級四隻の沈没は、ムッソリーニとファシスト党に対するイタリア国民の信頼を喪失させ、国王、軍、党の継戦意志を挫《くじ》いた。

のみならず、日本軍の戦艦に対する計り知れない恐怖を植え付けたのだ。

どん底まで落ちた戦意を回復させる方法は、もはやない。

この上は国王の言葉通り、新たな指導者の下で、和平への道を模索《もさく》する以外にないであろう。

「誤解をして欲しくないのだが、余は貴下を信頼している。首班《しゅはん》の座に就いて以来二〇年以上、行政の最高責任者として、よくこの国を支えてくれた。しかし、ことここに至っては、引退した方が貴下のためだろう。余は、暗殺といった形で貴下を失いたくないのだ」

「御意《ぎょい》」

とのみ、ムッソリーニは返答した。

すべてが終わった、と自覚した。

謁見が終わり、サヴォイア荘から退出したムッソリーニの前に、赤十字のマークを付けた救急車が停車した。

大尉の徽章《きしょう》を付けたイタリア陸軍士官が、ムッソリーニに敬礼し、ドアを開いた。

「国王陛下の御命令により、閣下の御身《おんみ》をお守りします。御乗車下さい」

ムッソリーニは、恐怖を感じた。

救急車に見える車は護送車であり、大尉が自分を逮捕するために訪れたと直感したのだ。

抵抗するように足を止めたムッソリーニを、大尉は強引に車に押し込めた。

車内にいた三人の兵士と、私服を着た二名の男を見て、ムッソリーニは直感が正しかったと悟った。

2

イタリアにおける政変の報せが日本に伝わったとき、連合艦隊司令長官山本五十六大将は、東京・霞ケ関の海軍省で、海軍大臣嶋田繁太郎《しまだしげたろう》大将と会見していた。

「ムッソリーニの後継首班はどうだ？　すぐにでも、連合国に降伏する動きはあるのか？」

報告を届けた軍務局長の岡敬純《おかたかずみ》中将に、嶋田は聞いた。

「表だっては、そのような動きはありません。バドリオ政権は、ドイツとの同盟関係を継続し、連合軍の本土上陸阻止とシチリア島の奪還を、国民に宣言しております。ただし、水面下では休戦に向けての外交交渉が始まっている、とのことです」

「政権が交代しても、すぐに戦争終結に向けて動き出せるわけではない、か」

「下手な動きを見せれば、ドイツの介入を招く。イタリアの新政権としては、慎重に動かざるを得まい。ドイツには面従腹背《めんじゅうふくはい》の態度を取りつつ、連合国との折衝《せっしょう》を重ね、講和の条件を探る、という手順を踏むはずだ」

不満そうな口調の嶋田に、山本が言った。

公式の場だが、嶋田が「同期の仲だ。他人行儀《ぎょうぎ》はよしてくれ」と望んだため、遠慮のない話し方になっている。

「イタリアには、もう継戦の意志はないと考えてよいのだろうか？」

嶋田は、疑り深そうな口調で言った。

エジプトでも、シチリアでも、イタリア海軍は頑強な抵抗を見せた。

最新鋭戦艦のリットリオ級は全て沈んだが、旧式戦艦や新鋭の巡洋艦、潜水艦は残っているはずだ。

イタリア陸軍も、本土の守りを固めている。

この状況で手を上げるだろうか、と思った様子だ。

嶋田の疑問に、岡が答えた。

「スイスの公使館付武官からの報告ですが、イタリア人の多くは、この戦争をムッソリーニの私的な闘争だと考えているようです。ムッソリーニが参戦を決断したのは、盟友であるヒトラーに対する競争意識からで、イタリアの国益を真剣に考えてのものではなかった、と。イタリアが勝っている間は、国民は支持しましたが、負けが込んで来たためにムッソリーニを見放し、和平への道を探り始めた、というのが、かの国の内情です」

「ムッソリーニの失脚《しっきゃく》は、和平への第一歩ということか？」

「そのように考えます」

「遣欧艦隊司令部は、シチリア沖海戦の結果が、イタリア軍の戦意を失わせたのではないか、と考えている」

山本が言った。

連合軍総司令部によって「シチリア沖海戦」の公

称が定められた戦いで、遣欧艦隊はリットリオ級戦艦二隻を撃沈した。

　遣欧艦隊の戦闘詳報によれば、リットリオ級の一隻は「武蔵」の砲撃で轟沈したという。

　イタリア海軍が受けた衝撃は、「フッド」を失った英国海軍の比ではなかったであろう。

　また、シチリアに進出した基地航空隊は、イタリアの首都ローマを攻撃圏内に収めている。

　本土に対する空襲や艦砲射撃の恐怖が、イタリア国王やファシスト党の幹部に、ムッソリーニの排除と和平の選択を決断させた可能性がある、というのが、小林宗之助遣欧艦隊司令長官の見解だ。

「小林の見解通りなら、『大和』『武蔵』の地中海派遣が奏功《そうこう》したことになるな。航空主兵主義を提唱していた貴様が『大和』『武蔵』の投入を主張したときには、流石に驚いたが」

　嶋田の言葉を受け、山本は微笑した。

「欧州では、ほとんどの国の海軍で、大艦巨砲主義が幅を利かせている。そのような敵と戦うには、最強の戦艦を派遣するのが最善だと判断したのだ」

「『大和』『武蔵』は、期待以上の成果を上げたわけか」

「政治面の効果まで狙ったわけではないが、結果良ければ全てよしと考えるべきだろう」

「結果良ければ、か」

　思案顔になった嶋田に、山本は聞いた。

「ドイツの出方が気になっているのか？」

「その通りだ。イタリアの打倒は大きな前進だが、その先を考えねばならぬ。イタリアが単独講和を望んでも、ドイツがそれを許すとは考え難い」

「ドイツがイタリアに侵攻する可能性を懸念しているのか？」

「我が国よりも、英国の亡命政府がな。ヒトラーは、ムッソリーニに何度となく手を差し伸べて来た。イタリアに侵攻し、ムッソリーニを再び政府首班の座に就けるぐらいのことはやりかねない、と推測して

「イタリア半島は、言うなれば地中海を二分する巨大な壁だった。そのイタリアが障壁としての機能を失ったおかげで、連合軍は次の作戦に取りかかれる。英国政府が我が国に亡命して以来、悲願としてきた作戦に」

「それがあるとしても、来年の春以降だろう」

山本は、机上に広げられている「南欧要域図」に手を伸ばし、イタリアとドイツの国境を指した。

「ドイツとイタリアの間には、アルプスが横たわっている。季節は今、冬だ。ドイツの機械化部隊といえども、厳冬期のアルプスを越えてイタリアに侵入するのは、容易ではないはずだ」

「冬か。言われてみれば、その通りだ」

嶋田は、意表を突かれたような表情を浮かべた。山のことには、考えが回らなかったのかもしれない。

「それなら、対処の方法はある。準備のための時間もある」

「GFとしても、遣欧艦隊に所属する艦艇の修理や整備に時間を使える。こう言っては何だが、イタリアの政変は、いい時機に起きてくれたと思う」

山本は南欧要域図を凝視し、ひとりごちるように言った。

3

出港を告げるラッパの音が、喨々《りょうりょう》と鳴り渡った。

海面がざわめき、停泊している三〇隻以上のUボートが、次々ともやい綱を解き、動き始めた。

港の出口近くにいる艦から順に前進を開始し、外海へと向かってゆく。

U568艦長オットー・シュトラウス大尉は艦橋に立ち、僚艦の出港を見つめた。

前方に位置する第九二潜水戦隊のU471が動き出し、五〇メートルほど離れたところで、発令所の航海長ヘルムート・マイスナー上級兵曹長に、

「前進微速」

を命じた。

艦尾付近の海面が泡立ち、艦がゆっくりと前進を開始した
「三隻か」

第九二潜水戦隊の各艦を見て、シュトラウスは嘆息した。

同戦隊の定数は八隻だったが、残存艦は三隻だけだ。他の五隻は、日本軍やイギリス軍との戦いで、二二〇名の乗員もろとも、地中海の底に沈んだ。

シュトラウスの第七九潜水戦隊にしても、無傷ではない。地中海の戦いが始まってから、三隻を喪失している。

地中海における戦いの苛烈《かれつ》さを、Uボートの消耗が物語っていた。

「U565、U566、出港します」

シュトラウスと共に艦橋に上がっているヨハネス・ウルリーケ水兵長が、僚艦の動きを報告した。

シュトラウスは振り返ることなく、前方の海面だけを見つめている。

先に出港したUボートの中には、早くも外海に出、巡航速度での航進に移った艦もある。

インド洋、紅海、地中海における潜水艦作戦の中心となって来たイタリアの軍港ラ・スペツィアから、Uボートが立ち去ってゆくのだ。

港口付近では、イタリア海軍の駆逐艦が遊弋している。退去するUボートのため、哨戒に当たっているのだ。

「今はまだ味方か」

シュトラウスはひとりごちた。

イタリア政府の選択次第で、彼らの砲門がUボートに向けられる可能性もあるが、当面は友軍として振る舞っているのだ。

「尽くし甲斐《がい》のない味方でしたね」

シュトラウスと共に艦橋に上がっている、航海士のベルンハルト・ルッシ兵曹が言った。

「我が軍があれだけの犠牲を払って守ろうとしたのに、あっさりと手を上げやがって……」

「まだ、イタリアが手を上げると決まったわけじゃない。新政権が、我が国との同盟関係を継続する可能性も残っている。不確定な情報に基づいての物言《ものい》いは控えろ」

ルッシをたしなめながらも、イタリアが連合国との単独講和に踏み切るのは間違いないだろう、とシュトラウスは考えている。

本国の潜水艦隊司令部も、確度の高い情報を受け取ったからこそ、ラ・スペツィアに在泊する全Uボートに引き上げを命じたのだ。

地中海方面潜水艦隊は解隊となり、その指揮下にあったUボートは、全て潜水艦隊司令部の直接指揮下に入るよう命じられている。

ドイツ、イタリアの海軍は、地中海の制海権争いに敗北した。

地中海で活動していたUボートは、フランスの大西洋岸にあるブレストを新たな拠点とするのだ。

(戦線は、後退する一方だ)

自艦の戦歴を思い起こしつつ、シュトラウスは呟いた。

対日戦における最初の戦場は、インド洋だった。

U568が所属する第七九潜水戦隊は、セイロン島の周辺で活動し、空母「赤城《アカギ》」「加賀《カガ》」を含む多数の艦船を撃沈した。

戦場がアデン湾、紅海、地中海と移っても、第七九対潜戦隊は得意の狼群《ヴォルフ・パック》戦法を駆使し、戦果を上げ続けた。

だが、戦場は次第にヨーロッパへと近づいている。ドイツ、イタリアの海軍も、前線の拠点を次々と失い、押される一方だ。

自分たちの戦果は戦術レベルの勝利に過ぎない。戦局全体を左右する力はない。

その現実を、シュトラウスは認識していた。

「艦長は、怒っておられないのですか?」

艦長付水兵エルンスト・シーラッハの問いに、シュトラウスは答えた。

「イタリアの変節《へんせつ》は、政治レベルの動きだ。イタリア海軍に責任があるわけではない」

ドイツ軍には陸海空を問わず、イタリア軍をあからさまに罵倒《ばとう》し、「お荷物」「役立たず」と公言してはばからない者が少なくないが、シュトラウス自身はイタリア軍に悪感情を持っていない。

第七九潜水戦隊がラ・スペツィアを拠点に作戦行動を行っていたとき、同港の工廠技術者はUボートの整備を入念に行ってくれたのだ。

街の人々も、Uボートの乗員に親切であり、ラ・スペツィア滞在中、嫌な思いをしたことは一度もなかった。

イタリア海軍との協同作戦でも、彼らが怯懦《きょうだ》な振る舞いを見せたとの記憶はない。

彼らは、紛れもない戦友だったのだ。

それだけに、同盟関係の解消は痛恨の思いだった。

ラ・スペツィアを一瞥《いちべつ》し、シュトラウスは言った。

「イタリアがどのような道を選ぶにせよ、我がドイツに敵対する道は取らないで欲しいものだ。昨日までの戦友と戦う羽目《はめ》には、なりたくないからな」


【第五巻に続く】

筆者註：本文中の「魔王」の歌詞は、大木惇夫・伊藤武雄共訳のものを使用させていただきました。

あとがき

これまで、あとがきはシリーズの最終巻のみとしておりましたが、読者の皆さんに報告しなければならないことがありますので、書かせていただくことにしました。

二〇〇〇年四月よりスタートした「蒼海の尖兵」以来、C★NOVELSにおける拙作のカバーイラストと扉画をお引き受けいただいていた高荷義之さんですが、御本人からのお申し出により、二〇一二年一二月刊行の「連合艦隊西進す」第三巻を最後に、降板されることとなりました。

私としましては、大変に残念なことであり、シリーズの完結まではお付き合いいただけないものかと願っていましたが、ここは高荷さんの御意向を尊重すべきと考えました。

この一文を書くに当たり、高荷さんにカバーイラストを描いていただいた著作の数を数えてみたところ、C★NOVELSで一〇六冊、他社さんのものを含めますと一一八冊になることが分かりました。

その全てが、戦闘シーンや戦場に向かう軍艦等を描いたものであり、各シリーズを華やかに彩って下さいました。

高荷さんに描いていただいたカバーイラストには、どれも愛着があるのですが、それらの中から特に気に入っている一枚を上げよと言われれば、二〇〇六年一二月刊行の「巡洋戦艦『浅間』」第一巻「閃光のパナマ」を選ばせていただきます。

ドイツの巡洋戦艦「シャルンホルスト」が、日本海軍の軍艦であることを意味する菊の御紋賞を付け、旭日旗を掲げているわけですから、「これぞ架空戦記」と言える、見事なカバーイラストだったと思います。

思い返してみますと、C★NOVELSにおいて、初めて高荷さんにカバーイラストを描いていただいた「蒼海の尖兵」は日独戦もの、最後の作品となった「連合艦隊西進す」も日独戦ものです。

日独戦に始まり、日独戦に終わったかと思うと、何とも感慨深いものがあります。

「蒼海の尖兵」第一巻から「連合艦隊西進す」第三巻までの間に、二二年の歳月が過ぎました。

これだけの長きに亘り、御厄介をかけ続けた高荷義之さんに、心からの敬意と感謝を捧げます。

高荷さん、長い間、本当にありがとうございました。

なお、今後のC★NOVELSにおける私のシリーズは、佐藤道明さんにカバーイラストと扉画をお願いすることになりました。

同じC★NOVELSで、谷甲州さんの「覇者の戦塵」のカバーイラストと挿画を描いておられる方、と言えば、思い当たる方もいらっしゃるでしょう。

佐藤さんのカバーイラストと挿画には独特のタッチがあり、実に渋く、かつ迫力があります。

佐藤さんであれば、安心してお任せできると確信しております。

佐藤道明さん、これからよろしくお願いいたします。

令和五年一月　横山信義

JASRAC 出 2300436-301

ご感想・ご意見は
下記中央公論新社住所、または
e-mail：cnovels@chuko.co.jpまで
お送りください。

C★NOVELS

連合艦隊西進《れんごうかんたいせいしん》す4
——地中海攻防《ちちゅうかいこうぼう》

2023年2月25日　初版発行

著　者　横山《よこやま》信義《のぶよし》
発行者　安部順一
発行所　中央公論新社
〒100-8152　東京都千代田区大手町1-7-1
電話　販売 03-5299-1730　編集 03-5299-1930
URL https://www.chuko.co.jp/

DTP　平面惑星
印　刷　三晃印刷（本文）
大熊整美堂（カバー・表紙）
製　本　小泉製本

Published by CHUOKORON-SHINSHA, INC.
Printed in Japan　ISBN978-4-12-501463-0 C0293

連合艦隊西進す１
日独開戦

横山信義

ソ連と不可侵条約を締結したドイツは勢いのままに大陸を席巻、英本土に上陸し首都ロンドンを陥落させた。東アジアに逃れた英艦隊は日本に亡命。これによりヒトラーの怒りは日本に波及した。

ISBN978-4-12-501456-2 C0293　1000円　カバーイラスト　高荷義之

連合艦隊西進す２
紅海海戦

横山信義

亡命イギリス政府を保護したことで、ドイツ第三帝国と敵対することになった日本。第二次日英同盟のもとインド洋に進出した連合艦隊は、Ｕボートの襲撃により主力空母二隻喪失という危機に。

ISBN978-4-12-501459-3 C0293　1000円　カバーイラスト　高荷義之

連合艦隊西進す３
スエズの彼方

横山信義

英本土奪回を目指す日本・イギリス連合軍にはスエズ運河を押さえ、地中海への航路を確保する必要がある。だが連合軍の前に、北アフリカを堅守するドイツ・イタリア枢軸軍が立ち塞がる！

ISBN978-4-12-501461-6 C0293　1000円　カバーイラスト　高荷義之

烈火の太洋１
セイロン島沖海戦

横山信義

昭和一四年ドイツ・イタリアとの同盟を締結した日本は、ドイツのポーランド進撃を契機に参戦に踏み切る。連合艦隊はインド洋へと進出するが、そこにはイギリス海軍の最強戦艦が――。

ISBN978-4-12-501437-1 C0293　1000円　カバーイラスト　高荷義之

表示価格には税を含みません

烈火の太洋 2
太平洋艦隊急進
横山信義

アメリカがついに参戦！　フィリピン救援を目指す米太平洋艦隊は四〇センチ砲戦艦コロラド級三隻を押し立てて決戦を迫る。だが長門、陸奥という主力を欠いた連合艦隊に打つ手はあるのか⁉

ISBN978-4-12-501440-1 C0293　1000円

カバーイラスト　高荷義之

烈火の太洋 3
ラバウル進攻
横山信義

ラバウル進攻命令が軍令部より下り、主力戦艦を欠いた連合艦隊は空母を結集した機動部隊を編成。米太平洋艦隊も空母を中心とした艦隊を送り出した。ここに、史上最大の海空戦が開始される！

ISBN978-4-12-501442-5 C0293　1000円

カバーイラスト　高荷義之

烈火の太洋 4
中部ソロモン攻防
横山信義

海上戦力が激減した米軍は航空兵力を集中し、ニューギニア、ラバウルへと前進する連合艦隊に対抗。膠着状態となった戦線に、山本五十六は新鋭戦艦「大和」「武蔵」で迎え撃つことを決断。

ISBN978-4-12-501448-7 C0293　1000円

カバーイラスト　高荷義之

烈火の太洋 5
反攻の巨浪
横山信義

米軍の戦略目標はマリアナ諸島。連合艦隊はトラックを死守すべきか。それとも撃って出て、米軍根拠地を攻撃すべきか？　連合艦隊の総力を結集した第一機動艦隊が出撃する先は——。

ISBN978-4-12-501450-0 C0293　1000円

カバーイラスト　高荷義之

荒海の槍騎兵 4
試練の機動部隊

横山信義

機動部隊をおびき出す米海軍の作戦は失敗。だが日米両軍ともに損害は大きかった。一年半余、ついに米太平洋艦隊は再建。新鋭空母エセックス級の群れが新型艦上機隊を搭載し出撃！

ISBN978-4-12-501428-9 C0293　1000円

カバーイラスト　高荷義之

荒海の槍騎兵 5
奮迅の鹵獲戦艦

横山信義

中部太平洋最大の根拠地であるトラックを失った連合艦隊。おそらく、次の戦場で日本の命運は決する。だが、連合艦隊には米艦隊と正面から戦う力は失われていた――。

ISBN978-4-12-501431-9 C0293　1000円

カバーイラスト　高荷義之

荒海の槍騎兵 6
運命の一撃

横山信義

機動部隊は開戦以来の連戦により、戦力の大半を失ってしまう。新司令長官小沢は、機動部隊を囮とし、米海軍空母部隊を戦場から引き離す作戦で賭に出る！　シリーズ完結。

ISBN978-4-12-501435-7 C0293　1000円

カバーイラスト　高荷義之

蒼洋の城塞 1
ドゥリットル邀撃

横山信義

演習中の潜水艦がドゥリットル空襲を阻止。これを受け大本営は大きく戦略方針を転換し、ＭＯ作戦の完遂を急ぐのだが……。鉄壁の護りで敵国を迎え撃つ新シリーズ！

ISBN978-4-12-501402-9 C0293　980円

カバーイラスト　高荷義之

蒼洋の城塞 2
豪州本土強襲

横山信義

ＭＯ作戦完遂の大戦果を上げた日本軍。これを受け山本五十六はＭＩ作戦中止を決定。標的をガダルカナルとソロモン諸島に変更するが……。鉄壁の護りを誇る皇国を描くシリーズ第二弾。

ISBN978-4-12-501404-3 C0293　980円

カバーイラスト　高荷義之

蒼洋の城塞 3
英国艦隊参陣

横山信義

ポート・モレスビーを攻略した日本に対し、ついに英国が参戦を決定。「キング・ジョージ五世」と「大和」。巨大戦艦同士の決戦が幕を開ける！

ISBN978-4-12-501408-1 C0293　980円

カバーイラスト　高荷義之

蒼洋の城塞 4
ソロモンの堅陣

横山信義

珊瑚海に現れた米国の四隻の新型空母。空では、敵機の背後を取るはずが逆に距離を詰められていく零戦機。珊瑚海にて四たび激突する日米艦隊。戦いは新たな局面へ――

ISBN978-4-12-501410-4 C0293　980円

カバーイラスト　高荷義之

蒼洋の城塞 5
マーシャル機動戦

横山信義

新型戦闘機の登場によって零戦は苦戦を強いられ、米軍はその国力に物を言わせて艦隊を増強。日本はこのまま米国の巨大な物量に押し切られてしまうのか⁉

ISBN978-4-12-501415-9 C0293　980円

カバーイラスト　高荷義之

表示価格には税を含みません